Kapitulation

MICHEL DECAR

Kapitulation

Roman

MÄRZ

1.

Es ging darum, dass ich keine Lust mehr hatte, Schriftsteller zu sein. Ich hatte keine Lust mehr, in Berlin zu leben. Das war mir hier zu laut oder zu leise, zu weit oder zu eng, das war nichts mehr für mich.

Ich wollte mein altes Leben ausziehen, so wie man einen Wollpullover auszieht. Ich wollte raus aus dem Alten und rein in das Neue – diesmal *wirklich* – und lief am Morgen des 2. September 2017 die Lilienthalstraße hoch zum Südstern und von dort weiter zur Urbanstraße. Über meiner Schulter hing meine Sporttasche, und in dieser Sporttasche befanden sich zwei Hemden, mein fliederfarbenes Leinenhemd und mein Estensi-Hemd, Shorts und Socken, mein Florida-Gators-T-Shirt, meine italienische Reisezahnbürste und ein Umschlag mit 7.500 Euro in Bar. Bücher hatte ich keine dabei. Sie hatten mich nie glücklich gemacht.

Es war viertel nach fünf, als ich die Haltestelle erreichte, und zwanzig vor sechs, als der Bus am Hauptbahnhof ankam. Ich hatte Diamantis nicht Bescheid gesagt, dass ich fahre, so wie ich niemandem Bescheid gesagt hatte. Ich hatte meinen Schlüssel auf den Tisch gelegt und die Tür leise ins Schloss schnappen lassen. Alles Weitere würde ich erklären, sobald ich unterwegs war, dachte ich.

Der *Eurocity* lief pünktlich ein, und nachdem ich einmal durch den leeren Zug gegangen war, setzte ich mich in ein Abteil im letzten Wagen, streckte mich aus und beobachtete, wie der Zug langsam aus Berlin herausrollte, vorbei am Südkreuz und den südlichen Vororten, einer schrecklicher als der andere, bis die Stadt ausfranste und ins schreckliche Brandenburg überging.

Immer vergesse ich, wie schrecklich Brandenburg in *Wirklichkeit* ist, dachte ich, als ich aus dem Fenster schaute. Wie oft bin ich mit Mercedes Czeminski zu einem Brandenburger Waldsee oder einem Happening in einem aufgemöbelten Landgut gefahren, weil wir uns davon irgendwas erhofft haben, irgendwas Neues oder anderes oder wenigstens nicht Schreckliches, nur um dann jedes Mal festzustellen, dass es in Brandenburg noch viel schrecklicher war, und wir schon nach kürzester Zeit zurück nach Berlin fuhren, das uns dann für einige Stunden etwas weniger schrecklich vorkam.

An diese kleinen Ausflüge mit Mercedes Czeminski dachte ich in diesem Moment und beschloss dann, nicht mehr an Mercedes Czeminski zu denken, am besten nie wieder, so wie ich nie wieder an das schreckliche Berlin denken wollte. Mit Berlin reicht es endgültig, dachte ich, und als die Schaffnerin kam, nahm ich einen der Hundert-Euro-Scheine aus dem Umschlag in meiner Sporttasche und kaufte mir eine Fahrkarte bis nach Brno, wo ich umsteigen wollte.

Dann lief ich in den Speisewagen, um mir ein Stück Honigtorte und ein Fläschchen Bohemia-Sekt zu kaufen, um mit mir selbst darauf anzustoßen, meinem alten Leben entkommen zu sein.

Nie wieder fährst du nach Berlin zurück, schwor ich mir, während ich mit dem Tortenstück und dem Sektfläschchen durch den schmalen Gang des *Eurocitys* balancierte, wie plötzlich befreit von einer gigantischen Last.

Im Abteil rollte ich mich wie eine Straßenkatze auf der Sitzbank zusammen, die Sporttasche als Kissen drapiert. Und während ich, kleine Schlücke trinkend, langsam eindöste, spürte ich unter meinem Kopf den Umschlag mit den 75 Hundert-Euro-Scheinen, die jetzt nur noch 74 Hundert Euro Scheine waren, weil einer davon für die Fahrtkarte und den Bohemia-Sekt aus dem Speisewagen draufgegangen war.

2.

Jahrelang hatte ich Gedichte geschrieben, die niemanden interessiert haben. Jahrelang hatte ich geschrieben und geschrieben, ohne einen Cent mit meinen Gedichten zu verdienen, und jetzt plötzlich – wie aus dem Nichts – hatte ich 7.500 Euro dafür erhalten, gestiftet von der Sparkasse Celle-Gifhorn-Wolfsburg.

Eine Frau von der Sparkassen-Stiftung hatte mich angerufen und mir mitgeteilt, dass ich zusammen mit anderen Talenten ausgewählt worden sei, den Sparkassen-Kunstpreis zu erhalten. *Zusammen mit anderen hoffnungsvollen Talenten*, wie sie sagte.

Jahrelang hatte ich meine Gedichte in Underground-Magazinen und im Internet veröffentlicht, ohne damit einen einzigen Cent zu verdienen, obwohl ich mir nichts sehnlicher gewünscht hätte. Und jetzt, wo ich zum ersten Mal einen angemessen Lohn dafür erhielt, bekam ich ihn ausgerechnet von der Sparkasse Celle-Gifhorn-Wolfsburg. Was für eine Gemeinheit, dachte ich.

Ob ich mich denn nicht freuen würde?, fragte die Frau von der Sparkasse, und schob gleich hinterher, dass die diesjährige Sparkassen-Gala im Wolfsburger Ritz-Carlton-Hotel stattfinden würde, wo mir die Preissumme von 7.500 Euro überreicht werden sollte. Erst sollte ich Gedichte lesen, dann würde es ein Buffet geben, dann die Preisurkunde, so sagte es die Sparkassen-Frau am Telefon.

Warum ausgerechnet ich für diesen Preis ausgewählt worden war, sagte sie dagegen nicht, und ich konnte es mir auch nicht erklären. Ich nahm einfach an, dass diese Stiftung ein gewisses Budget hatte, das sie ausgeben *musste*. Es ist ja bekannt, dass die Sparkassen wirklich alles sponsern, um PR-mäßig gut dazustehen oder um Steuern zu sparen, es war mir zu diesem Zeitpunkt auch egal. Zu diesem Zeitpunkt sah ich nur die 7.500 Euro vor mir, die ich mir sofort in Cash auszahlen lassen wollte.

Und auch als ich zwei oder drei Wochen später mit dem ICE zur Sparkassen-Gala fuhr, dachte ich nur an diese 7.500 Euro, die mir versprochen worden waren. Und gleichzeitig dachte ich daran, dass es die Stadt Wolfsburg nur wegen der Nazis gab. Nur weil die Nazis diese gigantische Fabrik in die niedersächsische Steppe gewuchtet hatten, gibt es jetzt Wolfsburg in seiner ganzen wehrmachtgrauen Schrecklichkeit, dachte ich, während ich mir im Bordbistro ein kleines Bier einschenken ließ. Nur weil die Nazis diesen Konzern jahrelang von oben bis unten mit Reichsmark tapeziert haben, gibt es jetzt diese monströse Stadt mit ihren Stiftungsbeiräten und Sparkassen-Galas.

Das dachte ich, und dann dachte ich wieder an das Geld, an die mir versprochenen 7.500 Euro, die schon bald in meiner Tasche knistern würden. Zuerst dachte ich an die Nazis, dann wieder an das Geld, dann an die Nazis, dann wieder an das Geld, bis der Zug in den Wolfsburger Bahnhof einfuhr und ich den letzten Schluck Bier hinunterstürzend zum ICE-Ausstieg lief und dem Schaffner auf dem Bahnsteig das leere Glas in die Hand drückte.

Wolfsburg, sagte ich immer wieder leise vor mich hin murmelnd, während ich vom Bahnhof zum Hotel lief, Wolfsburg, Wolfsburg, Wolfsburg.

Als ich in der Lobby des Ritz-Carlton ankam, führte man mich zu den drei anderen Preisträgerinnen, die blass und eingeschüchtert am Panoramafenster standen und mit der Wolfsburger Skyline verschmolzen. Ich weiß nicht mehr, was für Künstlerinnen das waren. Ich glaube, eine Oboistin, ein Librettistin, irgendeine Bildhauerin. Es hat mich nicht interessiert, und ich habe mich auch nicht mit ihnen unterhalten. Alles, woran ich denken konnte, waren die 7.500 Euro und ob ich vor der Lesung noch einen Drink bekommen konnte.

Ich trank zwei oder drei Wodka-7-Up an der Bar und betrat dann das Podium, auf dem schon ein Stuhl und ein Mikrofon standen. Ich hatte eine Auswahl meiner besten Gedichte vorbereitet, die ich jetzt vorlas.

Ich las *Das Kristallmeer* und die *Einsamen Sonnen*, ich las die *Dinosaurier-Jahre*, ich las sogar *Isabelle Ofczarek*, das ich sonst nie lese, weil ich dabei schrecklich emotional werde, vor allem wenn ich betrunken bin. Und deswegen wurde ich auch diesmal schrecklich emotional und hatte ein oder zwei Tränen in den Augen, während ich auf der Terrasse des Ritz-Carlton saß und las:

Am Mittwoch warst du bei mir
und wir ordneten den Monaten
Farben zu.

Am Samstag hätte ich dich gerne
gesehen. Doch du warst auf einem
Auswärtsspiel und ich tanzen
in der Diskothek.

Am Dienstagmorgen lag ich mit
Maren im Bett und dachte doch
nur an dich. Und dass ich dich mag.

Am Mittwoch warst du wieder bei mir
und wir spielten den Urknall auf
unseren Gitarren nach.

Und als ich in diesem Moment aufschaute und eine kurze Pause machte, blickte ich in die teilnahmslosen, maschinenhaften Gesichter der Sparkassen-Menschen, die in Zehnerreihen vor mir saßen und die herumschwirrenden Ritz-Carlton-Boys zu sich winkten, um den Nachschub an ihren Rosé-Schorlen nicht abreißen zu lassen.

Immer wieder blickte ich runter auf mein Manuskript und wieder hoch in die Sparkassen-Gesichter und versuchte, das Gedicht zu Ende zu lesen, doch es ging nicht mehr. Nie wieder, dachte ich in diesem Moment, werde ich in meinem Leben Gedichte vorlesen.

Dann stand ich auf und ging von der Bühne, ohne mich noch mal umzusehen, während in meinem Rücken ein langsam einsetzender verhaltener Applaus ertönte. Ich ging auf die andere Seite der Terrasse, umklammerte das Geländer, und in diesem Moment wollte ich nur noch in den Kanal springen, und ich schwöre, ich hätte es auch getan, wenn nicht eine der Sparkassen-Frauen hinter mir aufgetaucht wäre, die mir einen Blumenstrauß und einen Umschlag mit 75 giftgrünen Hundert-Euro-Scheinen in die Hand drückte.

Völlig aufgedreht, wie nach einem Zuckerschock, lief ich zurück zum Bahnhof, nur dass ich keinen Zuckerschock hatte, sondern einen Geldschock.

Und während meine Schritte immer schneller wurden, drehte ich mich ständig um, als würde ich verfolgt werden, als würden die Sparkassen-Menschen jede Sekunde hinter mir auftauchen und den Umschlag zurückfordern.

Erst als der ICE Wolfsburg verlassen hatte und ein paar Minuten gefahren war, beruhigte ich mich wieder. Ich beschloss, auf der Stelle zu packen, sobald ich wieder zu Hause war. Ich beschloss, meine Sporttasche zu packen und am nächsten Morgen, so früh wie möglich, den *Eurocity* zu nehmen und das schreckliche Berlin und die schreckliche Bundesrepublik zu verlassen. Und genau das tat ich auch.

3.

Ich musste dann zwei oder drei Stunden im *Eurocity* geschlafen haben, denn als ich aufwachte, waren wir schon hinter der tschechischen Grenze und ich in meinem Abteil nicht mehr allein.

Mir gegenüber saßen zwei Männer, beide mit Bürstenhaarschnitten und Schneidezahnlücken. Im sanft einfallenden Licht der Vormittagssonne kamen sie mir wie die Abgesandten einer neuen Welt vor.

Brüder, schoss es mir durch den Kopf, Cousins oder Brüder. Beide hielten eine Energydrinkdose der Marke *Hell* in der Hand, und nachdem sie mich aufmerksam gemustert und etwas gesagt hatten, was ich nicht verstand, griff der Jüngere in seinen Rucksack und reichte auch mir eine.

– Danke, sagte ich und stellte mich vor: László Carassin, Ex-Schriftsteller.

– Ex-Schriftsteller? Was soll das sein?

– Ist doch klar, sagte der Ältere. Das heißt, er hat früher mal geschrieben.

– Ja, noch gestern, sagte ich, aber damit ist es vorbei. Das ist nichts mehr für mich. Jetzt bin ich auf dem Weg zum Schwarzen Meer, um da mein eigenes Ding zu drehen.

Die beiden pfiffen anerkennend durch ihre identischen Schneidezahnlücken.

– Zum Schwarzen Meer also, sagte der Jüngere und knackte dabei mit seiner Energydrinkdose, und was willst du da?

– Da wird mir schon was einfallen, sagte ich. Vielleicht mache ich einen Minigolfplatz auf, wer weiß.

Und dann fügte ich noch an, dass die bulgarische Riviera immerhin *der* Ort sei, an dem man was aus sich machen könne. Wo sich's unter Zitronenbäumen sitzen lasse und die Aussicht noch nicht verbaut sei wie im kaputt gedachten Berlin, wo die Möchtegerns das Sagen haben.

Die beiden nickten, als hätten sie genau verstanden, was ich meinte. Und dann erzählten sie mir, wie der Motoröl-Vertrieb aussehen würde, den sie in den nächsten Jahren hochziehen wollten.

Ich lehnte mich zurück und beobachtete diese funkelnden Menschen, die mit ihrer Energie um sich warfen, als wären sie kleine Sonnen. Zu hundert Prozent hatte ich das zwar nicht verstanden mit dem Motoröl-Vertrieb und den anderen Motoröl-Ideen. Aber mir war klar, dass diesen beiden die Zukunft gehörte, dass sie durch nichts aufzuhalten waren.

Und während sie mir in ihrem Gemisch aus Englisch, Deutsch und Tschechisch immer wieder von Neuem erzählten, wie ihre Zukunft aussehen werde, und ich ihnen wiederum erzählte, wie meine Zukunft aussehen werde, tranken wir weitere Energydrinkdosen und gerieten nach und nach in eine aufgepeitschte Stimmung.

Wir redeten allen möglichen Unsinn, wie man ihn nur in einer übernächtigten, am Rande des Zusammenbruchs befindlichen Verfassung reden kann. Und nachdem wir immer wieder zwischen Abteil und Speisewagen hin- und hergelaufen waren, um weitere Energydrinkdosen und Honigtortenstücke zu kaufen, und irgendwann auch durch Kolin und Pardubice gerattert waren, fanden wir uns nachmittags gegen fünf am Bahnhof von Brno wieder, wo sich meine Reisebekanntschaften von mir verabschiedeten und in ein Taxi stiegen, das sie raus zum Automotordrom bringen sollte.

Ich blieb allein vor dem Bahnhof stehen und überlegte, wie es nun weitergehen sollte und bis wohin ich heute Abend überhaupt noch fahren konnte. Ich studierte den Fahrplan und lief, die Sporttasche über der Schulter, etwas ratlos auf den Stufen vor der Bahnhofshalle hin und her, als ich auf der anderen Straßenseite auf einem Hausdach in großen Leuchtbuchstaben das Wort *Grandhotel* las.

Und auch wenn das *n* nicht leuchtete, weil es defekt war, zogen mich dieses Wort und das Gebäude, auf dem es stand, magnetisch an. Ja, dachte ich, warum übernachte ich nicht hier, anstatt die Nacht in einer ungarischen Bahnhofshalle zu verbringen, wie ich es eigentlich geplant hatte.

In einem Fünfsternehotel, wie es dieses *Grandhotel* offenkundig war, hatte ich noch nie übernachtet, nicht einmal in einem Viersternehotel. Ich hatte nie das Geld dazu gehabt. Doch jetzt ging ich geradewegs auf die andere Straßenseite, legte einen meiner giftgrünen Hundert-Euro-Scheine auf den Rezeptionstresen und verlangte nach einem Zimmer mit Minibar und Safe.

4.

Ich schloss die Zimmertür zweimal hinter mir ab und inspizierte den Wandschrank, in dessen unterstem Regal der Safe stand. Ich zog die Vorhänge zu und legte den Umschlag aus meiner Sporttasche hinein.

Dann fiel mir ein, dass ich Diamantis noch nicht angerufen hatte, um ihm zu sagen, dass ich nie wieder zurück nach Berlin kommen würde. Ich rief aber auch jetzt nicht an, weil es inzwischen 18 Uhr war und es mich ehrlich gesagt überraschen würde, wenn Diamantis am Samstagabend um 18 Uhr ans Handy ginge, weil Diamantis am Samstagabend um 18 Uhr für gewöhnlich in irgendwelchen Wettbüros sitzt und auf Ärger aus ist. Wahrscheinlich im *90 Minutes* am Hermannplatz oder im *Tipico* auf der Sonnenallee, dachte ich, wo er so lange herumstänkern würde, bis sie ihn rausschmissen.

Ich holte mir ein 0,2-Heineken aus der Minibar und schrieb Diamantis, dass ich mich morgen bei ihm melden würde. Dann überlegte ich, ob ich auch Mercedes Czeminski eine Nachricht schreiben sollte, merkte aber, dass das keine gute Idee war, und steckte das Handy wieder ein.

Stattdessen tippte ich die Zahlen-Kombination in das Nummernfeld des Safes und holte aus dem Umschlag einen Hundert-Euro-Schein, den ich zusammenfaltete und in meine Jackentasche steckte. Danach schloss ich die Safetür wieder und rüttelte daran, um zu prüfen, ob sie auch wirklich zu war.

In den nächsten zwei Stunden lief ich kreuz und quer durch Brno, um herauszufinden, ob es hier *irgendwas* zu sehen gab. Ich lief durch die Innenstadt und dachte mir: Ja, charmant, hässlich, aber charmant. Anders als das schreckliche Berlin, das städtebaulich unter sibirischem Einfluss stand, stand Brno vielmehr unter dem Einfluss der Donaumonarchien, die hier und da in den Details der Häuserfassaden aufblitzten, hinter denen sich mittlerweile dieselben *H&Ms*, *Subways* und *Rossmanns* befanden wie überall anders auch.

Ich lief also etwas ziellos durch die Straßen, und weil die Septemberabende in Brno schon ziemlich kalt waren, zippte ich mir die Trainingsjacke bis oben zu und nestelte mit den Händen in den Taschen herum, in denen sich noch die von allen Seiten angeknickte Zugfahrkarte und der zusammengefaltete Hundert-Euro-Schein befanden.

Und weil ich keine Ahnung hatte, was ich sonst mit dem Abend anfangen sollte, ging ich in eines dieser Multiplex-Kinos, die es auch überall sonst gibt, und kaufte mir eine Karte für den neuen Transformers-Film, *Transformers 5*. Ich dachte wohl, dass der Titel ein gutes Omen sei, auf meine Situation bezogen. Denn auch ich hatte ja vor, mein Leben zu transformieren. Nur zu was, wusste ich noch nicht.

Ich kaufte mir eine Coca-Cola im 1-Liter-Becher und die größte Tüte Popcorn, die im Angebot war, und setzte mich damit in die letzte Reihe, weil ich mich immer in die letzte Reihe setze, wenn ich ins Kino gehe.

Zu *Transformers 5* kann ich aber überhaupt nichts sagen, außer dass der Film komplett schrecklich war. Wäre ich der Regisseur gewesen, hätte ich jedenfalls jede Szene anders gedreht. Ich kann auch nicht sagen wie, nur eben *ganz anders*. Ich glaube, wenn jede Szene anders gewesen wäre, hätte das ein guter Film sein können, aber so halt nicht. Und weil ich es irgendwann nicht mehr ausgehalten habe, bin ich eine halbe Stunde vor dem Ende aus dem Kino gegangen. Ich wollte nicht sehen, wie der Film ausging. Ich wollte mir das selbst ausdenken.

Ich lief also mit meiner noch halbvollen Tüte Popcorn durch das immer dunkler werdende Brno, um mir den Film zu Ende zu denken, ohne dass mir da jemand reinreden konnte. Und während ich am Ufer der Svratka entlanglief und mir schon ein oder zwei gute Enden für *Transformers 5* eingefallen waren, die alle tragisch und finster waren, wurde auch ich immer finsterer. Ich dachte mal wieder über Mercedes Czeminski nach, mit der es einfach nicht hinhauen wollte, so sehr ich mir das auch wünschte, und dann dachte ich daran, dass ich mir vorgenommen hatte, nie wieder an Mercedes Czeminski zu denken.

Kurz bevor ich nach Wolfsburg gefahren war, um mir die 7.500 Euro abzuholen, hatte ich Mercedes Czeminski noch ein letztes Mal getroffen, weil wir es beide nicht fassen konnten, dass wir unsere Lovestory gegen die Wand gefahren hatten, und weil wir uns wünschten, dass alles nur ein großes Missverständnis wäre. Aber es war eben kein Missverständnis, es war die Wirklichkeit, und diese Wirklichkeit bestand daraus, dass es nicht funktionierte und auch nie funktionieren würde.

Und während ich an diese Dinge dachte und am menschenleeren Ufer durch die Nacht schlich, wurde ich plötzlich ganz still und traurig und blieb einfach stehen und setze mich ins Gras, um von da aus weiter in die dunklen Wellen zu schauen. Und auf einmal fand ich es überhaupt keine gute Idee mehr, an die bulgarische Riviera zu fahren und einen Minigolfplatz aufzumachen. Die ganze Riviera-Idee kam mir auf einmal falsch vor.

Ich hatte ja in Wirklichkeit gar kein Interesse, ein Business aufzuziehen. Von *Business* hatte ich nicht die geringste Ahnung, ich hatte mir das nur in den Kopf gesetzt, um mich an den Wolfsburger Sparkassen-Menschen und an Mercedes Czeminski zu rächen.

Und auch als ich später in meinem Fünfsterne-Hotelbett lag, dachte ich noch über Mercedes Czeminski und die Sparkasse Celle-Gifhorn-Wolfsburg nach und schlief hundeelend, was auch daran lag, dass ich zwei- oder dreimal aus dem Schlaf fuhr und rüber zum Safe ging, um zu kontrollieren, ob der Umschlag noch drin lag, was er jedes Mal tat.

Als ich dann am nächsten Morgen unausgeschlafen auf dem Bahnhofsvorplatz stand, war mir jedenfalls klar, dass das mit dem Minigolfplatz an der bulgarischen Riviera eine schreckliche Idee war. Ich wusste gar nicht mehr, was ich da überhaupt wollte. 24 Stunden lang hatte ich mir diese Riviera als Sehnsuchtsort herbeifantasiert, nur um jetzt festzustellen, dass die Idee von Anfang an schrecklich gewesen war. Und während ich das dachte und auf dem Bahnhofsvorplatz eine Energydrinkdose trank, um richtig wach zu werden, fiel mir plötzlich ein, wohin ich stattdessen fahren konnte. Nicht über Bukarest nach Varna, wie ich es eigentlich geplant hatte, sondern über Győr nach Zánka. Denn in Zánka am Balaton wohnte mein Onkel Bernát, und der Balaton war immerhin so etwas wie die ungarische Riviera.

Ja, dachte ich, bei Onkel Bernát an der ungarischen Riviera werde ich mich erst mal erholen. Vom schrecklichen Berlin werde ich mich erholen und von der Sparkasse Celle-Gifhorn-Wolfsburg, aber am allermeisten von Mercedes Czeminski, bevor ich in der Lage bin, irgendwo anders hinzufahren.

5.

Insgesamt habe ich fünf Onkels, und alle fünf sind unmöglich. Schon seit Jahren führt sich einer unmöglicher auf als der andere, das wird mir jeder bestätigen. Geld zum Geburtstag hat mir von denen jedenfalls noch keiner geschickt. Meine Onkels väterlicherseits heißen Gaspard, Serge und Boris. Meine Onkels mütterlicherseits Bernát und Sascha. Tanten habe ich keine, jedenfalls keine echten, nur angeheiratete und dann wieder geschiedene, denn mit meinen Onkels hält es keiner lange aus.

Gaspard ist Filialleiter bei *Foot Locker* und hat eine uneheliche Tochter in Ixelles, meine Cousine Aurélie. Serge züchtet Rottweiler, das reicht ihm an väterlichen Gefühlen. Und Boris steht nur auf Boys aus dem Maghreb, wo er ständig hinfliegt und sich ausnehmen lässt. Und was Onkel Sascha den ganzen Tag treibt, weiß eigentlich keiner. Onkel Sascha saß sechs Jahre im Gefängnis und während dieser Zeit ist er religiös geworden. Nach dem Gefängnis ist er in eine evangelikale Sekte abgerutscht und hat den Kontakt mit allen abgebrochen. Und dann gibt es noch Onkel Bernát, der schon immer mein Lieblingsonkel war und den wir als Kinder immer *Onkel Bernstein* genannt haben.

Onkel Bernát schickte mir zwar auch nie Geld zum Geburtstag, aber dafür ausgefüllte Lottoscheine, was er für eine wahnsinnig gute Idee hielt, denn das Glück, sagte Onkel Bernát, sei auf seiner Seite. Die Wahrheit war allerdings, dass Onkel Bernát an keinem Spielautomaten vorbeigehen konnte, ohne da eine Münze reinzuwerfen, denn er hatte ein ziemliches *gambling problem*, und ob das Glück wirklich auf seiner Seite war, das wusste ich auch nicht so genau, denn mit den Lottoscheinen, die er mir zum Geburtstag schickte, habe ich nie etwas gewonnen.

Von meiner Mutter wusste ich aber, dass Onkel Bernát bereits ein paar Autos, ein paar Sparkonten und die Wohnung seiner Ex-Frau in München-Harlaching verspielt hatte. Und ich wusste, dass Onkel Bernát das Casino immer mit dem linken Fuß betrat, so wie es auch Tennisspieler gibt, die den Court aus Aberglauben nur mit dem linken Fuß betreten.

Mir war das alles egal, denn ich hatte Onkel Bernát richtig gern. Wenn Onkel Bernát lachte, klang er wie ein Walross. Und wenn Onkel Bernát hustete, hörte man es noch im Raum nebenan durch die Wand, denn pro Tag rauchte Onkel Bernát zwei Packungen Reval ohne Filter. Ansonsten hatte er ständig Ideen, wie er Millionär werden könnte. Aus denen wurde aber nie etwas, soweit ich weiß. Und während er sich diese Ideen ausdachte, trug Onkel Bernát seine dunkelblaue Cordhose, mit einer anderen Hose habe ich ihn jedenfalls nie gesehen.

Nur zu besonderen Anlässen zog Onkel Bernát seinen hellen Leinenanzug an, wie auch an diesem Tag, als er mich in Zánka vom Bahnhof abholte.

6.

– Wie war die Reise?, fragte Onkel Bernát, während wir über das einzige Gleis des Bahnhofs liefen.

– Schrecklich, sagte ich, ich fühle mich ausgepresst wie eine Blutorange. Ich bin am Ende, total erledigt. Vielleicht werde ich einige Tage hierbleiben, Onkel Bernát. Ich habe das Gefühl, Zánka ist jetzt genau das Richtige für mich.

– Lacika, sagte Onkel Bernát, du kannst so lange bleiben, wie du willst.

Und dabei wedelte er mit seinem Taschentuch die Mückenschwärme davon, die uns umkreisten.

Am Kiosk legten wir einen Stopp ein, und als Onkel Bernát nach seinem Portemonnaie greifen wollte, um die beiden Soproni-Flaschen zu bezahlen, sagte ich: Lass mich das machen. Und holte aus dem Umschlag in meiner Sporttasche einen 5000-Forint-Schein, den ich beim Umsteigen als Wechselgeld bekommen hatte.

Und während wir Soproni trinkend ins Dorf hoch liefen, erzählte ich, was in den letzten Tagen geschehen war. Ich erzählte von meiner Flucht aus Berlin und dass sich in meiner Sporttasche noch 7.200 Euro befanden, die einmal 7.500 Euro gewesen waren.

– Dieses Geld ist meine Abfindung, sagte ich zu Onkel Bernát, während wir in die Glóbusz-Straße einbogen. Für dieses Geld haben sie mir alles genommen, meinen Stolz und meine Würde, meinen Glauben an die Sterne, meine unzerstörbare Leichtigkeit, meine Kunst. Die schreckliche Sparkasse Celle-Gifhorn-Wolfsburg und das schreckliche Berlin, aber vor allem Mercedes Czeminski haben mich in diese Lage getrieben, sagte ich zu Onkel Bernát.

Und weil Onkel Bernát ein Gentleman ist, fragte er nicht etwa nach, wer Mercedes Czeminski sei, er sagte nur: Verstehe.

– Die Wahrheit ist, dass ich am Ende bin. Ich weiß, ich habe das schon öfter gesagt, aber diesmal bin ich es wirklich. Ich bin bereits über das Ende hinausgeschossen. Der Bereich, in dem ich mich befinde, ist postfinal, sagte ich zu Onkel Bernát, der schon mit dem Schlüsselbund klimperte. Du machst es dagegen ganz richtig, du genießt den Ruhestand an der ungarischen Riviera und lässt dir dabei von niemandem reinquatschen. Du weißt, wie man lebt. Jeden Tag kannst du die Füße in den Balaton hängen, selbst im Januar, und keiner kann dir das verbieten, sagte ich zu Onkel Bernát, während er das Gartentürchen in der Glóbusz-Straße 10 aufschob.

Mein Großvater hatte dieses Haus Mitte der 60er-Jahre als Feriendomizil erworben. Wahrscheinlich hatte er dabei irgendeinen Bauern übers Ohr gehauen, das hätte auf jeden Fall zu ihm gepasst. Auf jeden

Fall musste die Familie seitdem Urlaub in diesem unverputztem Natursteinhaus machen, und zwar vom ersten bis zum letzten Tag der Sommerferien. Jede Sommerferien fuhr meine Großmutter mit meinen Onkels und meiner Mutter nach Zánka in das Haus in der Glóbusz-Straße 10, während mein Großvater immer nur am Wochenende mit dem Schnellzug kam, weil er auch im Juli und August das Geschäft nicht allein lassen wollte.

Dieses Haus also, das nach Großvaters Tod niemand haben wollte, weil es inzwischen eine Ruine war und keines der Geschwister mehr etwas mit Zánka zu tun haben wollte – ja, im Falle von meiner Mutter sogar eine Wut auf Zánka hatte – kam schließlich in Onkel Bernáts Besitz, der sich nach seinen diversen Scheidungen und Insolvenzen hierhin zurückzog und alles wieder aufmöbelte.

Ich fand dieses Natursteinhaus jedenfalls toll, und das Beste daran war sein riesiger Obst- und Gemüsegarten, der so groß war wie ein Tennisplatz und in dem alles wuchs: grüne Bohnen und Rote Bete, Zucchini und Peperoni, Weintrauben und Hibiskus, aber vor allem, rote, weiße und schwarze Johannisbeeren, die überall in dichten Büschen wucherten.

Im hinteren Teil des Gartens stand unter den knorrigen Birnbäumen eine Tischtennisplatte und noch weiter hinten ein kleiner, von Schilf umgürteter Teich, in dem es keine Fische gab, aber Hunderte

Kaulquappen und Wasserschnecken. Und neben dem Teich, zwischen den Rosmarinbüschen stand ein von Moos bewachsener Wohnwagen mit vergilbtem D-Aufkleber am Heck.

In diesem Wohnwagen gab es neben einer Pritsche zum Schlafen noch eine kleine Küche und eine Sitzbank. Und auf dieser Sitzbank lagen 20 Jahrgänge der Zeitschrift *Uhren-Magazin* in Pappschonern, was ich schon etwas merkwürdig fand, weil Onkel Bernát keine einzige Uhr besaß.

Die Schubladen waren vollgestopft mit eingestaubten Spielkarten und Würfelbechern, CD-Hüllen ohne CDs, Streichholzschachteln mit Werbeaufdrucken, Schatullen mit Schilling-Münzen und 5000-Lire-Scheinen, einem Uno-Spiel, in dem alle 4-Ziehen-Karten an den Ecken eingeknickt waren, zur Hälfte benutzten Streifenkarten des Münchner Verkehrsverbundes, Aufladegeräten und Batterien, Postkarten aus Istrien und Postkarten vom Gardasee und Einkommenssteuerbescheiden aus den Jahren 2003 und 2004, einem NOKIA XpressMusic und Namensschilder von irgendwelchen Messen, mal mit Umhängeband, mal zum Anklippen, auf denen allen Onkel Bernáts Foto einlaminiert war, und abgerissenen Eintrittskarten für den Nürnberger Zoo und einem Sparbuch von der Commerzbank, in dem noch 17 Mark verzeichnet waren, einem Umhängetäschchen für Digitalkameras und einem einwandfrei funktionierenden Game Boy Pocket mit den Spielen

Kirby's Dream Land, Jordan VS Bird und *Donkey Kong Land III*.

Ich schaltete den Game Boy ein, und während das vertraute Nintendo-Piepen erklang und staubschwere Sonnenstrahlen auf das Display fielen, wusste ich, dass ich die richtige Entscheidung getroffen hatte, nach Zánka zu fahren.

Am Abend ging ich mit Onkel Bernát runter zum See, und wir redeten über dies und das, warum zum Beispiel *Ace Ventura* ein super Film ist oder warum *La Notte* von Antonioni ein super Film ist. Onkel Bernát erzählte mir seine neusten 1-Million-Euro-Ideen, und irgendwann waren wir richtig leer gequatscht und saßen einfach nur da.

Später bestellte ich am Strandkiosk eine Pizza Mexiko und Onkel Bernát bestellte Curly Fries mit extra Jalapeños, denn Onkel Bernát bestellte immer etwas mit *extra Jalapeños*, das war sein Ding, seitdem die Jalapeño-Welle vor ein paar Jahren durch Europa geschwappt war.

Und irgendwann ist dann noch Onkel Bernáts Freundin Ilona vorbeigekommen, die einen sensationellen Musikgeschmack hat. Die zum Beispiel alle Songs von Tony Allen und Fela Kuti auswendig kann. Und die uns dann komplett beim Airhockey fertiggemacht hat, sodass ich mich schon gefragt habe, wie es Onkel Bernát eigentlich geschafft hat, eine solch sensationelle Frau an Land zu ziehen.

Und dann, noch später, als ich schon auf der mit einem frischen Laken bezogenen Wohnwagenpritsche lag, die Arme hinter dem Kopf verschränkt, dachte ich, dass das der schönste Abend seit Langem gewesen ist und dass ich schon lange nicht mehr so glücklich gewesen bin. Und schon zehn Sekunden später, noch während ich das dachte, schlief ich ein.

7.

Am nächsten Morgen habe ich den Kopf aus dem Wohnwagen gestreckt und ein bisschen an den Sträuchern herumgezupft, um zu sehen, ob da noch Johannisbeeren dran waren. Und nachdem ich mir mit dem Gartenschlauch den Schlaf aus den Augen gebraust hatte, habe ich mich auf einen Klappstuhl vor dem Wagen gesetzt, während die Sonne von schräg oben zwischen den Ästen reingeblitzt ist.

Ich saß einfach nur da und dachte an gar nichts, bis mir das aufgefallen ist. Und dann dachte ich wieder, dass ich lange nicht mehr so glücklich gewesen bin und dass das vermutlich mit all diesen Dingen zusammenhing.

Und als mir das klar wurde, sprang ich plötzlich auf und lief zwischen den Apfelbäumen hin und her, weil ich auf einmal wusste, was ich wollte. Ich wollte mit Onkel Bernát meinen Ruhestand in Zánka verbringen. Aber nicht irgendwann, sondern jetzt. Und während ich noch immer zwischen den Apfelbäumen hin und her ging, dachte ich: Ja, warum nicht? Ich hatte noch 7.200 Euro in meiner Sporttasche, die würden doch sicher ein paar Jahre reichen.

Vollkommen aufgekratzt von diesem Gedanken lief ich im Slalom zwischen den verrosteten Metallstühlen und Metalltischchen und Hängematten und Brennnesselsträuchern und zwischen den in sich zusammengeschrumpften Basket- und Tennisbällen und zwischen den ins Gras geschmissenen und einfach liegengelassenen Badmintonschlägern und auf den Boden gefallenen und vor sich hin faulenden Äpfeln und Birnen barfuß rüber zum Natursteinhaus, auf dessen Terrasse Onkel Bernát saß und frühstückte.

– Onkel Bernát, sagte ich, während ich mich in den Polsterkorbstuhl neben ihm fallen ließ, du glaubst nicht, wie gut es mir geht. Diese Nacht in deinem Wohnwagen war die beste Nacht meines Lebens. Und dieser Garten hier – wobei ich mit dem Finger von links nach rechts zeigte – ist der beste Garten aller Zeiten.

– Ist mir bekannt, sagte Onkel Bernát, während er sich seine getigerte Sonnenbrille auf die Nase schob. Musst du mir nicht erzählen.

Und ich erzählte Onkel Bernát dann trotzdem, wie fantastisch ich auf der schmalen Wohnwagenpritsche geschlafen hatte, mit dem Fenster auf Kipp, sodass die Vögelchen und Insektchen zu mir hineinzirpen konnten. Und während mir Onkel Bernát aus der Bialetti einschenkte und eine Scheibe Toast reichte, erzählte ich ihm, was ich mir gerade überlegt hatte, nämlich, dass ich vorhatte, diesen Garten und Zánka nie wieder zu verlassen.

– Ich weiß, sagte ich zu Onkel Bernát, der dunklen Waldhonig auf seinen Toast träufeln ließ, ich bin vielleicht noch etwas jung für den Ruhestand, aber hier drin fühle ich es, *hier drin* bin ich reif dafür. Ich bin im April 30 geworden, das ist ein super Alter, um aufzuhören. Und abgesehen davon hat Ruhestand nichts mit dem Alter zu tun. Ruhestand ist ein Gefühl, sagte ich zu Onkel Bernát, während wir auf den zwei Korbstühlen in der Sonne saßen. Ist doch egal, wie alt man ist, wenn man es fühlt, fühlt man es eben.

– Und du fühlst es?, fragte Onkel Bernát.

– Absolut, sagte ich, ich fühl's ganz deutlich, das sitzt ganz tief hier drin, und dabei trommelte ich mir ein paar Mal auf die Brust. Ich fühle, dass der Zeitpunkt gekommen ist, abzutreten und für die junge Generation Platz zu machen. Ich habe jetzt lange genug gearbeitet, sagte ich zu Onkel Bernát. In meiner Karriere als Dichter habe ich so gut wie jeden Nebenjob gemacht, den mir das Arbeitsamt angedreht hat. Ich habe Regale aufgefüllt und bin am Fließband gestanden, ich war Nachtportier und habe Artikel für das Air-Berlin-Bordmagazin geschrieben. Ich habe am Tresen gestanden, hinter der Kasse und im Lager. Ich habe Kisten geschleppt und Bühnen aufgebaut, Schnee geräumt und den Tourguide gespielt. Ich war Garderobier und Kartenabreißer, ich habe hier einen Zehner abgezockt und da einen Zwanziger. Ich habe das Kleingeld aus der Kasse mitgehen lassen, habe die Kunden und Chefs beschissen, bin immer zu spät gekommen. Ich habe mich anschreien lassen, von morgens bis abends schikanieren, und durch die Gegend schicken. Ich wurde gefeuert, habe gekündigt, wurde hochkant rausgeworfen. So ging das 15 Jahre lang, und jetzt ist Schluss. Ein Leben als Pensionist ist genau das Richtige für mich, sagte ich zu Onkel Bernát. Etwas, von dem ich immer geträumt habe. Und diese 7.500 Euro von der Sparkasse Celle-Gifhorn-Wolfsburg werden es mir erlauben, mir diesen Traum zu erfüllen.

– Willst du denn gar nicht mehr schreiben?

– Nein, sagte ich, Schreiben ist die Sache, die mich am unglücklichsten gemacht hat. Mit dem Schreiben ist es vorbei. Stattdessen werde ich mit den 7.500 Euro, die ich in Wolfsburg als Schmerzensgeld erhalten habe, den schönsten Ruhestand in Zánka verbringen.

– Aber hast du dir das mal ausgerechnet?, fragte Onkel Bernát. Wie lange sollen diese 7.500 Euro denn reichen?

– Na ja, sagte ich, das wird man ja sehen, und versuchte im Kopf zu überschlagen, wie viel ich pro Monat ausgeben durfte, damit es 30 Jahre reichte. Andererseits sind das doch Details, bügelte ich ab, während ich mit einer hektischen Geste eine Wespe vom Marmeladenglas wegwedelte. Das sind doch kleingeistige Detailfragen, Onkel Bernát, ich rede hier vom großen Ganzen. Geld interessiert mich überhaupt nicht. Dem Irrglauben Geld bin ich lange genug hinterhergelaufen. Noch vor ein paar Tagen war es genau das, was ich wollte. Ich wollte an die bulgarische Riviera fahren und einen Haufen Geld verdienen. Die ganzen 7.500 Euro wollte ich investieren und einen Minigolfplatz eröffnen, einen nagelneuen Minigolfplatz mit 18 funkelnden Löchern, kannst du dir das vorstellen, Onkel Bernát?

– Dabei bist du doch immer der Schlechteste im Minigolf gewesen.

– Ich weiß, Onkel Bernát. Immer wenn wir in Estensi Minigolf gespielt haben, habe ich verloren. Aber gerade deswegen, gerade weil ich immer der Schlechteste war, habe ich mich jahrelang in diese Minigolf-Fantasie reingesteigert. Jahrelang habe ich davon geträumt, meinen eigenen Minigolf-Platz zu haben, damit ich auf diesem Minigolf-Platz alle fertigmachen kann. Und nicht nur das, sagte ich zu Onkel Bernát. Ein regelrechtes Minigolf-Imperium wollte ich aufbauen, um mich bei den Wolfsburger Sparkassen-Menschen mit ihren Sechs-Wochen-Haarschnitten zu rächen. Glaub mir, ich hab mir das schon genau ausgemalt. Ich hätte es ja nicht bei einem Minigolfplatz belassen, ich hätte noch einen zweiten und dritten aufgemacht. Ich hätte das Minigolf-Business immer weiter ausgedehnt auf den kompletten Tourismus-Sektor mit allem Drum und Dran. Spielautomaten, Wasser-Ski, Hubschrauberflüge. Und wenn du da angekommen bist, ist alles möglich.

Dann kannst du bei der EU ein paar Fördertöpfe anbohren und Kredite aufnehmen und schon steckst du mittendrin im Baugewerbe und beteiligst dich an einem Busunternehmen oder einer Billigairline. Ja, sagte ich zu Onkel Bernát, ich hätte so lange weitergemacht, bis ich es zu einem lupenreinen Oligarchen gebracht hätte. Einem sonnengebräunten, tiefenentspannten Schwarzmeer-Oligarchen. Und dann, Onkel Bernát, hätte ich mir all diese Wolfsburger Sparkassen-Menschen gekauft. Ich hätte sie überall aufgespürt in ihren Großraumbüros und eingekauft, damit sie Artikel für das Bordmagazin meiner Billigairline schreiben, immer und immer wieder, so lange bis ihnen schwindelig geworden wäre.

Aber unter uns, sagte ich zu Onkel Bernát, nachdem wir ein Stück durch den Garten geschlendert waren, ich habe überhaupt nicht die Physiognomie zum Oligarchen. Ich bin überhaupt nicht der Typ dazu. Was bringt es, dem großen Business nachzujagen, wenn man gar nicht die Konstitution dazu hat. Das führt zu nichts, sagte ich, das sollte man von vornherein sein lassen. Ja, sagte ich, all meine Pläne, ein lupenreiner Schwarzmeer-Oligarch zu werden, sind abgesagt. Denn ganz ehrlich, sagte ich mit großer Geste und zeigte dabei auf den Garten, hier gibt es doch alles, was man braucht zum Leben! Alles gibt es hier umsonst. Und es kann gut sein, dass ich diese 7.500 Euro überhaupt nie ausgeben muss. Für was soll ich das Geld denn ausgeben? Hier wächst doch alles, sagte ich. Wein und goldene Äpfel, Karotten und Zucchinis, groß wie Torpedos, einfach alles. Und hast du gesehen, was für schöne Fische hier im See herumspringen, Onkel Bernát? Solche Zander und solche Hechte, sagte ich, man muss sie nur fangen. Für was brauche ich da Geld, frage ich dich?

– Jaja, sagte Onkel Bernát und wippte dabei buddhahaft und allwissend mit dem Kopf.

– Also, das wird großartig, sagte ich, den Faden wieder aufnehmend. Das ist die beste Idee, die ich je hatte.

8.

Und tatsächlich, die nächsten Tage waren genauso großartig, wie ich es angekündigt hatte. Ich schlief jeden Tag bis zehn und lief dann mit hochgekrempelten Schlafanzughosen im Garten zwischen den Johannisbeerbüschen umher, um mir mein Frühstück einzusammeln, das ich in der Hängematte aß, während neben mir auf dem Gaskocher schon die Bialetti brodelte.

Dann spielte ich eine Runde *Kirby's Dream Land* auf dem Game Boy und streifte durch die Felder und Hügel hinter Zánka, wo die Eidechsen zu Hunderten durchs hohe Gras zischelten und uralte komplett unaufgeregte Opas auf Holzbänkchen vor ihren Weinbergen saßen. Solche unaufgeregten Opas gibt es in Deutschland gar nicht, dachte ich, dieses Stadium der totalen Unaufgeregtheit ist in Deutschland unbekannt.

Ich versuchte das dann auch, ich versuchte, in ein Stadium totaler Unaufgeregtheit einzutauchen. Und oft schaffte ich es – etwa, wenn ich abends mit der untergehenden Sonne im Rücken zurück in die Glóbusz-Straße lief, wenn ich in der Mitte des Balatons trieb, wenn ich vor dem Schlafengehen das Zahnpastawasser hinter die Rosmarinbüsche spuckte. Nur selten musste ich an Mercedes Czeminski denken, oder mir fiel wieder der Abend auf der Terrasse des Wolfsburger Ritz-Carlton ein, wo mich diese Sparkassen-Menschen in die Berufsunfähigkeit getrieben hatten.

Ich bin mit absolutem Wohlwollen nach Wolfsburg gefahren, dachte ich in diesen kurzen Momenten, in denen ich meine Unaufgeregtheit nicht im Griff hatte. Ich habe der Sparkasse und Wolfsburg eine Chance gegeben. Ich habe mich akkurat vorbereitet, ich habe mir sogar ein Bügelbrett ausgeliehen, weil ich einen anständigen und unzerknitterten Eindruck machen wollte, und ich habe eine Auswahl meiner besten Gedichte vorbereitet. Die *Einsamen Sonnen* habe ich vorbereitet und *Isabelle Ofczarek* und auch *Das Kristallmeer*. Allesamt Texte, die mir wahnsinnig viel bedeuten, mit denen ich emotional bis in den Tod verstrickt bin. Und diese Gedichte habe ich dann den Wolfsburger Sparkassen-Menschen vorgelesen, obwohl von vornherein klar war, dass sie die *Einsamen Sonnen* nicht mal im Ansatz verstehen würden. Wie sollen diese Wolfsburg-Menschen denn fühlen, für was das Wort *Karstadt* steht, mit welcher Bedeutung das Wort *Karstadt* aufgeladen ist, wenn es in den *Einsamen Sonnen* heißt:

Männer bringen Frauen zu Zügen
Frauen bringen Männer zu Zügen
Was wollen sie dort?
Wenn sie alleine auf dem Bahnsteig stehen?
Wohin gehen sie?
Wenn sie durch die Halle wehen?
Zu Karstadt, zu Karstadt
Meine einsamen Sonnen
Durch die Fußgängerzone
Auf Wiedersehen

Dabei geht es in diesem Gedicht genau um sie, dachte ich jetzt in Zánka, zunehmend aufgeregter. Diese Sparkassen-Menschen hätten jede Chance ergreifen können, sich mit den *Einsamen Sonnen* und mit den *Heiligen Sonnen,* wie es in der letzten Strophe variiert wird, in einen Kontext zu setzen. Gerade wegen dieser sich aufdrängenden Kontextualisierung hatte ich das Gedicht, das bis zu diesem Zeitpunkt nur vier oder fünf Leute kannten, ja ausgewählt.

So gut wie niemandem hatte ich das Gedicht bis zur Lesung im Ritz-Carlton gezeigt, wo es mir die Sparkassen-Menschen mit ihrer Ignoranz zerstört haben. Mit von Langeweile und Missgunst zerfressenen Mäusegesichtern sind sie dagesessen und haben mit ihren zusammengekniffenen Mäuseaugen schon zu den Krevetten-Häppchen geschielt. In ihren Peek- &-Cloppenburg-Anzughosen sind sie minutenlang auf den Stahlrohrstühlen hin und her gerutscht, während sie von meinen Gedichten keine einzige Zeile verstanden haben. Jede Zeile haben sie gehört, aber keine Zeile haben sie verstanden, während das Service-Personal zwischen den Stuhlreihen mit angekühlten Roséflaschen herumgeschlichen ist und die noch nicht mal ausgetrunkenen Gläser nachgefüllt hat.

All das habe ich auf der Terrasse des Ritz-Carlton über mich ergehen lassen, bis sie mir endlich einen Blumenstrauß und den Umschlag mit den 7.500 Euro in die Hand gedrückt haben. In letzter Sekunde hat mich eine der Sparkassen-Direktorengattinen dann noch am Hemdärmel gepackt, gerade als ich die Terrasse schon verlassen wollte, und gefragt, ob ich schon mal Klopstock gelesen hätte.

Mit Ihrem Klopstock würde ich mir nicht mal die Fußnägel auffangen, hätte ich da natürlich sagen müssen. Weil ich jedoch so unter Schock stand und mich außerdem erst aus dem pilatesgestärkten Schraubstockgriff der Direktorengattin befreien musste, riss ich mich, ohne ein Wort zu sagen, los und rannte durch die Lobby raus auf die Straße, wo ich als Erstes den Blumenstrauß wegschmiss und dann den Umschlag mit den 7.500 Euro gegen mein hämmerndes Herz drückte.

Genau so ist es gewesen, dachte ich, auf solch dramatische Art bin ich aus Wolfsburg geflohen, während ich jetzt in Zánka vor Onkel Bernáts Wohnwagen saß, mein Estensi-Hemd bis zum Bauchnabel geöffnet, und versuchte, mich in absoluter Unaufgeregtheit zu üben.

9.

An einem der nächsten Tage fuhren Onkel Bernát und ich mit Ilonas knallrotem Daihatsu Applause nach Balatonfüred, weil wir da in den Baumarkt wollten und danach eine Partie Minigolf spielen. Ich habe noch nie gegen Onkel Bernát im Minigolf gewonnen und brannte darauf, Onkel Bernát nach all den Jahren fertigzumachen. Ich fand, das würde sich mit meinem neuen Stadium der Unaufgeregtheit durchaus vertragen.

Aber weil der Minigolfplatz in Füred schon geschlossen hatte, weil keine Minigolf-Saison mehr war, fuhren wir nach dem Baumarkt weiter nach Tihany, wo wir den Fährschiffen hinterher schauten und mit einem Eis am Ufer entlang spazierten.

Onkel Bernát zeigte immer wieder auf irgendein Gebäude oder eine Parkbank und sagte: Hier, auf dieser Parkbank habe ich 1971 mal herumgeknutscht. Oder er sagte: Hier auf diesem Steg habe ich der Doris tief in die Augen geschaut. Oder: Hier, auf dem Parkplatz hatte ich mal eine 1-Million-Euro-Idee, aus der dann leider nichts geworden ist. Und das machte Onkel Bernát so lange, bis wir wirklich jede Seitengasse und jeden Parkplatz in Tihany abgelaufen hatten und ich über sein komplettes Liebesleben und alle 1-Million-Euro-Ideen informiert war, die er in den Jahren 1965–1995 gehabt hatte.

– Gut, Amalfi ist das hier nicht, sagte Onkel Bernát, vielleicht auch nicht Antibes. Und wenn schon! Wer braucht schon Antibes? Schmeckt das Leitungswasser da vielleicht besser? Strahlen die Sterne in Antibes heller? Wohl kaum!

Und dann, als wir wieder durch das Zentrum von Tihany liefen, blieb Onkel Bernát plötzlich stehen und sagte:

– Schau mal, das ist sie.

– Ist was?, sagte ich.

– Na, die Krawatte, sagte Onkel Bernát und zeigte in ein Boutique-Schaufenster. Die schwarz-rot gestreifte Krawatte, die Alain Delon in *Plein Soleil* getragen hat, in der berühmten Spiegelszene.

– Ach so, ja, die Spiegelszene, sagte ich, ohne mich daran zu erinnern, was Onkel Bernát meinte. Na, dann müssen wir die jetzt kaufen.

Nein, das geht nicht, sagte Onkel Bernát, die kostet 30.000 Forint.

– Ja, und? Ich schenk sie dir.

Und obwohl es Onkel Bernát ausdrücklich verboten hat, kaufte ich ihm diese Krawatte, weil ich wusste, dass Alain Delon Onkel Bernáts Held war, und weil ich wusste, dass sich Onkel Bernát diese Krawatte nie selbst gekauft hätte, weil ihm in seiner

Kindheit beigebracht wurde, dass es unanständig sei, sich für 30.000 Forint eine Krawatte zu kaufen.

Die Verkäuferin musste ins Schaufenster klettern, weil es die letzte Krawatte war, die sie da hatten, legte sie vornehm zusammen und steckte sie in eine vornehme Schachtel und die Schachtel in eine noch vornehmere Papiertüte, auf der der Name der Boutique stand. Mit dieser Papiertüte schlenderten wir dann zurück zum Auto, und Onkel Bernát strahlte wie ein kleiner Junge.

– Warum ist Alain Delon eigentlich dein Held?, fragte ich Onkel Bernát. Und während mir Onkel Bernát erzählte, warum Alain Delon sein Held war, stiegen wir wieder in den knallroten Daihatsu Applause und fuhren los.

Ich erinnere mich, dass es da zum ersten Mal richtig geschüttet hat in diesem September. Wir fuhren über die Landstraße, und die Scheibenwischer quietschten hektisch und arhythmisch über die Frontscheibe, und der linke Scheinwerfer ging auch nicht mehr so richtig, und während der Regen auf das Blechdach des Daihatsu trommelte, erzählte mir Onkel Bernát einfach alles über Alain Delon.

Er konnte jede Dialogzeile von *Le Cercle Rouge* mitsprechen und jede Szene von *Il Gattopardo* nachspielen und erzählte mir, wie er früher stundenlang die Programmzeitschrift durchforstet hatte, um keinen Film mit Alain Delon zu verpassen.

Und dann, irgendwann, verstand ich, was Onkel Bernát so an Alain Delon faszinierte.

– Ich glaube, Brendan Fraser ist mein Alain Delon, sagte ich zu Onkel Bernát. Immer wenn ich als Kind den Fernseher angeschaltet habe und ein Film mit Brendan Fraser lief, wusste ich: Der Abend ist gerettet.

– Ja, sagte Onkel Bernát, so kann man das sehen.

Und dann seufzte Onkel Bernát. Und er seufzte wie ein Mann, der die Welt gesehen hat, jedenfalls Triest und Athen und Dubrovnik.

10.

Das waren meine ersten Tage am Balaton. Und ich konnte mir vorstellen, dass das jetzt so weitergehen würde für die nächsten 20 oder 30 Jahre. Wenn das die nächsten 20 oder 30 Jahre so weitergeht, sagte ich zu Onkel Bernát, habe ich überhaupt kein Problem damit.

Aber erst mal hat uns Ilona, die ich mittlerweile Tante Ilona nannte, zu sich in den Garten eingeladen, wo sie am Sonntag ein großes Bankett veranstalten wollte, um meinen Ruhestand zu feiern.

Onkel Bernát hatte sich vorgenommen, dafür einen Johannisbeerkuchen zu backen, um Ilonas Schwester Margit zu beeindrucken, die sich sonst als die große Kuchenbäckerin aufspielte. Aber er musste es dann total übertreiben und hat alles Mögliche in den Kuchenteig geschmissen, Kardamom und eine Chilischote und ein Dutzend exotische Gewürze, weswegen der Kuchen schon im Backofen angefangen hat, merkwürdig zu riechen und zu qualmen. Und am Ende haben wir uns nicht mehr getraut, ihn mitzubringen, und sind stattdessen zur Tankstelle geradelt, um ein paar Schachteln Eiskonfekt zu holen.

Und später gab es gebratenen Zander und geschmorte Karotten und Zitronenkartoffeln und alle möglichen Schnäpse und Schankweine, während ein Tony-Allen-Album nach dem anderen durch den Garten schallte.

Irgendwann saßen wir dann alle total satt und glücklich in unseren Stühlen und schauten den Insekten dabei zu, wie sie um die Lampen schwirrten. Obwohl die Sonne schon untergegangen war, hatte es bestimmt noch 23 oder 24 Grad. Und in diesem Moment fiel mir auf, wie lange ich schon nicht mehr im Urlaub gewesen war.

– Seit drei Jahren bin ich nicht mehr in den Urlaub gefahren, sagte ich zu Onkel Bernát und Ilona und Ilonas älterer Schwester Margit, die mit uns im Garten saß. Seit drei Jahren habe ich das schreckliche Berlin nicht mehr verlassen, es sei denn ich bin mit Diamantis mal für ein paar Stunden nach Polen gefahren oder mit Mercedes Czeminski für ein Wochenende in den Oderbruch zu einer 24-Stunden-Performance. Aber von Urlaub kann man da ja nicht reden, Urlaub ist das sicher nicht gewesen, das ist jedes Mal anstrengender gewesen, als zu Hause zu bleiben.

– Wer ist eigentlich diese Mercedes Czeminski?, fragte Ilona. Und ich sagte: Mercedes Czeminski ist die Frau, mit der ich die letzten drei Jahre eine melodramatische On-Off-Operette aufgeführt habe. Deswegen habe ich mir verboten, über Mercedes Czeminski nachzudenken. Aber, fügte ich dann trotzdem in aller Ausführlichkeit an, Mercedes Czeminski und ich haben uns geliebt. Wir haben uns vielleicht über Jahre hinweg betrogen und belogen und sind uns mit allen denkbaren Gemeinheiten auf die Nerven gegangen, aber trotzdem haben wir uns mehr als alles andere geliebt, und darum geht's doch im Leben oder nicht?

– Mer-ce-des Cze-min-ski, sagte Ilonas Schwester Margit, wobei sie jede Silbe einzeln betonte und in die Länge zog. Wenn ich den Namen Mer-ce-des Cze-min-ski höre, muss ich an eine Frau mit blasser Haut und weggeschminkten Augenringen denken, eine, die mit ihren dünnen Handgelenken und weit fallenden Stoffhosen in der Ecke stehen und böse an der Zigarette zieht.

– Nein, nein, sagte ich, ganz im Gegenteil. Mercedes Czeminski ist eine, die laut unter der Dusche singt, sie hat tausend Sommersprossen und blonde Locken, die wild umherfliegen, wenn sie mit dem Fahrrad den Berg runterfährt, und Stoffhosen würde sie nie tragen, dazu ist sie gar nicht der Typ. Mercedes Czeminski trägt eine Bomberjacke und ist lieb und krawallig. Sie ist eine geniale Kaputtmacherin, das ist sie.

– Und wer ist Diamantis, fragte Onkel Bernát, denn der Name Diamantis war jetzt auch schon öfter gefallen.

Und gerade als ich antworten wollte, fiel mir auf, dass das gar nicht so leicht zu sagen war.

Als ich Diamantis das erste Mal getroffen habe, konnte ich ihn jedenfalls nicht ausstehen. Als ich Diamantis 2011 im Columbiabad kennengelernt habe, habe ich gedacht, dass Diamantis der größte Idiot aller Zeiten ist. Aber das denke ich eigentlich von allen Menschen, die ich später doch mag.

– Also, sagte ich zu Onkel Bernát, nachdem ich einige Sekunden nachgedacht hatte. Zum einen ist Diamantis Diamantidis mein Mitbewohner. Zum anderen ist er aber auch komplett irrational, blitzgescheit, strohdumm, kann einen komplett auf die Palme bringen, kann weinen wie ein sechsjähriges Mädchen, stellt die dümmsten Sachen an und kann es gleichzeitig nicht ertragen, wenn es ungerecht zugeht. Wenn Diamantis irgendwo Ungerechtigkeit wittert, bäumt er sich auf wie eine Grizzlymutter und lässt seinen Zorn auf die Ungerechten niederhageln. Gleichzeitig ist er schon in verschiedenen Ländern verhaftet worden und zwar wegen allen möglichen Sachen. Wegen Trunkenheit am Steuer und Hausfriedensbruch und Erregung öffentlichen Ärgernisses, aber meistens wegen Beamtenbeleidigung, das kann er einfach nicht bleiben lassen. Außerdem behauptet Diamantis, er könne wegen *dieser Sache* nicht mehr in die USA einreisen, aber was *diese Sache* sein soll, hat er nie erzählt. Also vielleicht stimmt das auch nicht. Vielleicht hat er die Story auch nur erfunden, um damit im *Tannenbaum* vor irgendwem anzugeben, was weiß ich.

Und in diesem Moment fiel mir ein, dass ich Diamantis noch immer nicht angerufen hatte, um ihm mitzuteilen, dass ich nie wieder ins schreckliche Berlin zurückkehren werde. Also entschuldigte ich mich von der Bankettgesellschaft, um zu telefonieren, und wanderte mit meinem Handy am Ohr im hinteren Teil des Gartens umher. Und nachdem es acht- oder neunmal geklingelt hatte, ging Diamantis tatsächlich ran.

– Mein lieber Diamantis, sagte ich, gut, dass ich dich erwische, es gibt aufregende Neuigkeiten. Bei mir ist der Ruhestand ausgebrochen, auf totale und unwiderrufbare Art. Ich gedenke, mich in Zánka niederzulassen, und zwar für immer.

– Aha, brummte Diamantis, und klang dabei wenig überrascht. Und was willst du da?

– Gar nichts will ich, ich bin im Ruhestand, hab ich doch schon gesagt. Und dir, mein Lieber, würde ich empfehlen, herzukommen und es mir gleichzutun.

– Und wer soll so lange unsere Miete zahlen?, fragte Diamantis und klang dabei, als würde er gerade in ein Sandwich beißen.

– Miete!, rief ich angeheitert vom Schankwein, wen interessiert das schon? Aber gut, wenn du Geld brauchst, dann geh in mein Zimmer und verkauf alles, was da rumsteht. Mein Bett und den Schreibtisch, die Bauhausleuchte, von mir aus kannst du auch alle Bücher verscherbeln, meine Klamotten sowieso, wirklich alles. Nur meine N64-Spiele nicht, ich will nicht, dass die irgendeinem FDP-Schwein in die Hände fallen, die N64-Spiele verbrennst du bitte, die soll niemand bekommen. Ach, am besten du zündest gleich die ganze Bude an, was willst du da überhaupt noch? Ist doch nur ein Klotz am Bein, genau wie das schreckliche Berlin ein Klotz am Bein ist. Das wirst du erkennen, wenn du erst mal neben mir in der Sonne liegst und wir uns glücklich hin- und herwenden wie die Brathähnchen. Also, was ist, wann kommst du?

– Momentan ist das ganz schlecht, sagte Diamantis. Ich hab zu tun.

– Hör mal, sagte ich zu Diamantis, der auf Filmsets als Fahrer, Aushilfsbeleuchter und zweiter Regieassistent jobbte, um sich damit seine eigenen größenwahnsinnigen Filmprojekte zu finanzieren, auch dir würde eine Pause mal gut tun. Dieses Arbeitspensum, das du dir in den letzten Monaten aufgehalst hast, ist total unnatürlich. Allgemein ist Arbeit unnatürlich. Weißt du, was natürlich ist? Freizeit. Arbeit dagegen ist ein Fetisch, den sich die Rechten ausgedacht haben. Arbeit ist kein essenzielles Bedürfnis, Freizeit ist es. Arbeit ist eine gesellschaftliche Fehlkonstruktion. Komplett aus dem Ruder gelaufen, gegen die Natur, kriminell. Und deswegen, mein Lieber, müssen wir hier ideologisch vorneweg marschieren und den sofortigen und absoluten Ruhestand ausrufen.

– Ich weiß nicht, sagte Diamantis, und dabei hörte ich, wie er seine Mahlzeit beendet hatte und mit dem Zigarettenpapier herumknisterte. Soll ich ehrlich sein? Ich finde die Idee noch unsolide.

– *Unsolide*? Die Sache steht bombenfest, unsere Renten sind sicher.

– Gibt's in deinem Zánka wenigstens irgendwelche Girls?

– *Irgendwelche Girls* sind genau das, was wir hier nicht brauchen, sagte ich streng. Das widerspricht komplett dem Grundgedanken, du hast echt gar nichts verstanden. Sex, Geld, Kunst, alles völlig uninteressant. Hier in Zánka gibt's was viel Interessanteres abzugreifen, Einheit mit dem Universum, das ewige Leben!

– Klingt ja schrecklich, sagte Diamantis, wie im Kloster. Nee, das kannst du fürs Erste alleine ausprobieren. Für solche spirituellen Späße bin ich gerade nicht zu haben.

– Warten wir's ab, sagte ich und legte auf.

Ich gab Diamantis noch ein oder zwei Wochen, bis er seinen Irrtum einsehen und sich vom schrecklichen Berlin lossagen würde.

Zufrieden lief ich zurück zu den anderen und dachte, dass ich jetzt nur nicht den Fehler machen durfte, auch Mercedes Czeminski anzurufen. Mercedes-nicht-anrufen-wollen und Mercedes-betrunken-dann-doch-anrufen, das waren meine Spezialdisziplinen, das wusste ich ja bereits. Das Beste wäre, ich würde mein Handy auf der Stelle in den See werfen, dachte ich, dann wäre das Problem für alle Zeiten gelöst. Nur leider habe ich das dann nicht gemacht.

11.

Und weil ich das nicht gemacht habe, dachte ich auch am nächsten Morgen, als ich in Onkel Bernáts Wohnwagen aufwachte, als Erstes, dass ich heute auf gar keinen Fall, unter keinen Umständen, Mercedes Czeminski anrufen werde. Vielleicht würde ich das gerne, ja, vielleicht würde ich sie gerne anrufen und ihr berichten, wie fantastisch es mir ohne sie in Zánka gehe, werde ich aber nicht.

Wahrscheinlich, dachte ich, während die Bialetti schon auf dem elektrischen Kochfeld zischte, wahrscheinlich sitzt sie in diesem Moment mit Juleschka im *Espera* und trinkt da ihren Kaffee. Einen Americano mit zwei Stück Zucker, dachte ich. Oder sie ist schon in ihrem Atelier, da trinkt sie immer Espresso mit Zitronensaft auf der Fensterbank. Und während ich das dachte, erinnerte ich mich daran, dass jetzt mal Schluss sein musste mit diesen Mercedes-Czeminski-Gedanken, dass die ganze Sache ja langsam lächerlich wurde.

Ich füllte den Inhalt des Bialetti-Kännchens in eine von Onkel Bernáts Emailletassen und spazierte damit durch den Garten, während ich hier und da die letzten noch übrig gebliebenen Johannisbeeren von den Sträuchern zupfte.

Dann positionierte ich den Liegestuhl im günstigsten Sonnenwinkel und spielte so lange *Jordan VS Bird*, bis im Game Boy Pocket die Batterien ausgingen.

Abends rauchte ich ein oder zwei kleine Pfefferminzjoints in der Hängematte. Und während ich so da lag und das Weltall beobachtete und sich alles um mich herum drehte, fiel mir plötzlich wieder das Gesicht von Mercedes Czeminski ein. Plötzlich sah ich dieses Gesicht ganz nah vor mir, und das nervte mich schon, denn ich hatte ja den ganzen Tag versucht, nicht mehr an dieses Raubvogelnäschen und diese Sommersprossen zu denken. Und dachte mir, gut, da musst du jetzt einen kleinen Schnaps trinken, das wird helfen, dieses Gesicht für immer zu vergessen.

Ich lief zurück zu Onkel Bernáts Wohnwagen und schlug mir auf dem Weg dahin das Knie wund, als ich über das Generator-Kabel stolperte, und kramte dann in den Schubladen herum, weil da noch irgendwo eine halbvolle Flasche Duval versteckt war, wie ich mich erinnerte.

Und während ich den Duval erst über mein blutiges Knie schüttete, zum Desinfizieren, und dann in meinen Rachen, auch zum Desinfizieren, stellte ich mir vor, wie Mercedes Czeminski genau jetzt, in diesem Moment, auch einen Schnaps trank. Vermutlich auf irgendeiner Einweihungsparty in Schöneberg, dachte ich, wo sie gerade neben dem Kühlschrank stand und von einem Industrielampen-Designer vollgequatscht wurde. Und dieser Industrielampen-Designer würde dann später, wenn im Wohnzimmer alle tanzten, versuchen, sie zu küssen, während sie das und alles Weitere über sich ergehen ließ, denn warum auch nicht, war im Grunde nicht alles egal, war es nicht so, das Leben? Klein und gemein und am Ende nicht mehr als ein paar gute Wochenenden, ein paar gute Songs, ein paar nette Abende in der Pizzeria und ein oder zwei Kinder. War es das nicht, alles in allem? Und deswegen ließ sie sich jetzt von diesem Industrielampen-Designer küssen, auch wenn der schon eine Halbglatze hatte und absolut keine Ahnung von Industrielampen. Und all das, dachte ich, ist jetzt nicht mehr mein Problem. Mein Problem ist nur, wo ich um diese Uhrzeit noch eine neue Flasche Duval herbekomme.

Morgens gegen sechs erwachte ich dann vor Kälte zitternd auf dem Boden. Eingewickelt in eine Wolldecke briet ich mir zwei Spiegeleier, während die ersten Sonnenstrahlen durch das trübe Glas des Wohnwagens fielen und die umhertanzenden Staubkörner wie Suchschweinwerfer beleuchteten.

Auf dem Tisch lag noch ein angerauchter Pfefferminzjoint auf der März-94-Ausgabe des *Uhren-Magazins* und daneben mein Samsung Galaxy, auf dem ich mir Fotos von Mercedes Czeminski angesehen hatte, bevor ich eingeschlafen war.

Ich aß die Spiegeleier mit Ketchup und ungetoastetem Toastbrot, während der Kaffee auf der Gaskartusche gluckerte, und beschloss, dass jetzt der Zeitpunkt gekommen war, alle Fotos von Mercedes Czeminski zu löschen. Ich ging also mein ganzes Archiv durch, um wirklich alle zu finden, doch jedes Mal, wenn ich auf ein Foto von ihr stieß, zuckte ich zusammen, vor allem bei denen, die ich ganz vergessen hatte.

Es gab auch die Fotos, die ich auswendig kannte, die ikonischen Bilder, die ich über Monate als Hintergrundbild eingestellt hatte. Mercedes in ihrem grünen Badeanzug auf dem Balkon. Mercedes beim Anschließen eines Fahrrads im Hinterhof. Mercedes auf dem Rummel in der Hasenheide. Und auch wenn ich diese Fotos schon hundertmal gesehen hatte, tat es weh, sie jetzt wieder zu sehen.

Selten waren dagegen Fotos, auf denen Mercedes und ich zusammen drauf waren, davon gab es nur zwei oder drei, eines davon in Wuppertal. Ich erinnerte mich an diese erste gemeinsame Reise, als wir im Januar 2015 zur Beerdigung ihres Großvaters gefahren waren. Und während Mercedes einen Tag lang durch die Zimmer der Wohnung und die umliegenden Straßen lief, um auf diese Weise Abschied zu nehmen, und nach Erinnerungen, Spuren und Geistern suchte, kaufte ich mir ein Tagesticket für die Schwebebahn und fuhr stundenlang von der einen Seite der Stadt zur anderen, immer hin und zurück, und schrieb dabei Gedichte in mein Notizheft.

Mercedes und ich schliefen damals in der großen, nach Lavendel und Antiquariat riechenden Wohnung ihrer Großeltern, weil Mercedes' Vater inzwischen in Wisconsin lebte und sie mit ihrer Mutter seit Jahren verstritten war. Aber als sie sich das erste Mal nach diesen Jahren des Nichtredens auf der Beerdigung wieder gesehen haben, war das für Mercedes befreiend, das war jedenfalls mein Eindruck. Auch wenn sie nur zwei oder drei Minuten miteinander geredet haben, ist da irgendein Druck von ihr abgefallen, glaube ich.

Und als wir am nächsten Tag schon wieder auf dem Weg zum Bahnhof waren, wo Mercedes' Großmutter dieses Foto gemacht hat, das ich mir jetzt in Zánka ansah, sagte Mercedes plötzlich, sie habe sich überlegt, ihre Mutter zu besuchen und ein paar Sachen zu klären.

Wir standen also unangekündigt vor diesem Reihenhaus in Elberfeld und klingelten. Und ich glaube, Mercedes' Mutter freute sich ehrlich, als sie aufmachte, und ging gleich runter in den Keller, um eine Flasche Rotwein zu holen, während Mercedes und ich uns auf das Sofa setzen und die Bilder an der Wand ansahen, auf denen meistens Mercedes und ihre Halbgeschwister zu sehen waren, aber manchmal auch Mercedes' Mutter und ihr neuer Mann.

Und als wir uns all diese Bilder angesehen hatten und Mercedes' Mutter immer noch im Keller herumkramte, stand Mercedes plötzlich auf und sagte: Lass uns wieder gehen. Und auf dem Weg zum Bahnhof haben wir kein einziges Wort gesprochen. Aber im Zug zurück nach Berlin fing Mercedes plötzlich an zu weinen, und weinte so lange und laut, dass selbst der Schaffner sich nicht traute, uns zu kontrollieren.

Das war unsere erste Reise zu zweit gewesen, daran musste ich jetzt wieder denken, während ich diese Fotos aus Wuppertal alle löschte. Und dann sah ich mir das allererste Foto an, das ich je von Mercedes gemacht hatte. Im U-Bahnhof Schönleinstraße muss das gewesen sein, dachte ich. Und ich erinnerte mich, wie ich damals zu Diamantis gesagt hatte: Ich verliebe mich nur in Frauen, die völlig schrecklich sind. Je schrecklicher desto besser. Das ist ein Fetisch von mir.

Und ich erinnerte mich, wie ich zum ersten Mal mit Mercedes Czeminski gesprochen hatte, das war noch früher gewesen, bestimmt ein paar Monate vor diesem ersten Foto.

Wir saßen mit ein paar Leuten am Boddinplatz, und ich habe zu ihr gesagt, dass sie mir irgendwie bekannt vorkommt, aber ich nicht wüsste woher. Und sie sagte, dass es ihr genauso ginge, dass sie schon die ganze Zeit darüber nachdachte, woher sie mich kennen könnte. Vielleicht aus dem *Tannenbaum*, sagte ich, ich hab da bis letztes Jahr gearbeitet. Stimmt, sagte sie, da hattest du noch eine Brille. Und ich sagte: Ich hatte noch nie eine Brille.

Und dann haben wir uns erst mal eine Weile nicht gesehen, und ich hatte einen total wilden Sommer und hab mich kreuz und quer in Berlin rumgetrieben und mich bei total vielen Leuten unmöglich gemacht und mich furchtbar aufgeführt und habe keinen zurückgerufen, aber ständig neue Freunde kennengelernt, die nach diesem Sommer alle nicht mehr meine Freunde waren. Und mit den anderen, mit allen, die vor oder nach diesem Sommer meine Freunde gewesen sind, habe ich mich furchtbar verkracht, selbst mit Diamantis, auch wenn wir uns gleich wieder versöhnt haben und dann zusammen nach Montenegro gefahren sind, um unseren wilden Sommer noch um ein paar Wochen zu verlängern.

Aber auch im wildesten Sommer wird es irgendwann Oktober und man wird plötzlich ganz ruhig und milde und irgendwie gelassen. Und an genau so einem Tag im Oktober 2014 habe ich Mercedes Czeminski dann wiedergetroffen. Ich glaube, sie hatte auch einen ziemlich wilden Sommer hinter sich, jedenfalls sah sie so aus und war auch ganz mild vom Wildsein. Und außerdem war sie wunderschön, wie sie da am Stehtisch lehnte an der Rennbahn in Hoppegarten und ein kleines Bier trank und *Hi* sagte, als ich zu ihr rüberlief.

Und dann sah ich mir das letzte Foto an, das ich von Mercedes gemacht hatte, nachts in ihrem Atelier am Kanal, ein paar Tage, bevor wir uns getrennt haben.

Sie arbeitete zu dieser Zeit mit Beton und Acrystal, das ein synthetisches Fiberglas ist, aus dem sie ihre *Strukturen* und *Anti-Körper* entwickelte.

Mercedes' Arbeiten waren ernst und kindlich zugleich, sie waren gegenwärtig, ohne sich dem Zeitgeist anzubiedern, ich mochte, was sie machte.

Und man kann schon sagen, dass sie erfolgreich war. Sie hatte sich einen gewissen Status erarbeitet, und dennoch schaffte sie es nie, ihre Unsicherheit abzulegen, was ich mit zunehmender Zeit als selbstzerstörerisch empfand.

Mercedes hatte monatelang an den Sujets *Das Unsichtbare* und *Der Irrgarten* gearbeitet und war dann beim Themenkomplex des *Privaten* hängengeblieben, zu dem sie jetzt eine große Ausstellung plante und jede Nacht in ihrem Atelier herumschraubte, weswegen ich sie immer seltener sah.

Das, was Mercedes wirklich konnte, war radikal zu denken, radikal zu leben, im besten Sinne, deshalb habe ich mich auch in sie verliebt. Aber leider machte es das auch furchtbar anstrengend mit ihr.

Mit Mercedes ist es eben schon immer spektakulär und schwierig gewesen, dachte ich jetzt, abwechselnd spektakulär, abwechselnd schwierig.

Ich erinnerte mich an so viele Streits, die ich mit Mercedes geführt hatte. So viele Streits und so viele Versöhnungen, und ich erinnerte mich an den letzten großen Knall, in dem es wie immer um alles ging, aber vor allem um ihre Ausstellung in der Fasanenstraße, wegen der sie sich schon mit ihrer Galeristin verkracht hatte.

Dieses und jenes sei zu gewollt, zu durchschaubar, zu formal, das hatte ihre Galeristin wohl gesagt. Der Punkt, der Mercedes jedoch am meisten getroffen hatte, war der Kommentar ihrer Galeristin, sie sehe in Mercedes' Konzeption keine Wahrheit. Und jetzt wollte Mercedes von mir wissen, ob ich diese *Wahrheit* sehen würde, wobei mit Wahrheit vermutlich Aufrichtigkeit, Ehrlichkeit oder Relevanz gemeint war.

Woher soll ich das wissen, sagte ich zu Mercedes an diesem Abend auf dem Kottbusser Damm, Wahrheit ist nicht mein Genre. Leidenschaft ist mein Genre, Idiotie ist mein Genre, meinetwegen auch Irrationalität. Ja, sagte ich, vor allem Irrationalität. Aber doch nicht Wahrheit, Wahrheit interessiert mich nicht. Im Gegenteil, ich finde es schrecklich, irgendeiner Wahrheit hinterherzujagen. Ich für meinen Teil würde mir sogar wünschen, dass da so wenig Wahrheit wie möglich drinsteckt, ich bin für die Unwahrheit, ich bin für die Sackgasse, für den Kreisverkehr, ich bin für die Nebelkerze, den totalen Zusammenbruch. Das ist es nämlich, was der Welt am nächsten kommt.

Nur Mercedes verstand in diesem Moment überhaupt nicht, was ich meinte. Und vielleicht hatte sie auch einfach nur gewollt, dass ich sage: Ja, deine Arbeit ist *wahr*, sie ist die *wahrste*, lass uns mit Baseballschlägern nach Charlottenburg fahren und die Scheiben der Galerie und den Porsche Cayenne der Galeristin und meinetwegen auch noch die Fensterscheiben der Sieben-Zimmer-Altbauwohnung der Galeristin zusammenhauen.

Aber das konnte ich in diesem Moment nicht. In diesem Moment sah ich nur meine extrem talentierte Freundin Mercedes Czeminski, die sich von einer Meinung abhängig machte, anstatt sich selbst zu vertrauen. Anstatt an ihre Arbeit zu glauben, brauchte sie diese Galeristin oder mich, um ihr irgendwas zu bestätigen. Und ich glaube, das hat mich in diesem Moment genervt. Als müsste ihr jemand ein Zeugnis ausstellen, in dem das Wahre zur höchsten Instanz erhoben wird, ohne die geringste Ahnung zu haben, was das eigentlich bedeutet.

Und als ich das in diesem Moment dachte, war mir klar, dass ich Mercedes bereits an diesen Kunstzirkus verloren hatte. Und deswegen sagte ich auch nicht, was sie von mir hören wollte, dazu hatte ich einfach keine Lust. Diese Bestätigung wollte ich ihr nicht geben.

Und auch Mercedes spürte in diesem Moment, dass ich mich von ihr entfernt hatte. Sie sah mich plötzlich grimmig an und fragte, warum ich es nicht schaffe, auf ihrer Seite zu stehen, wenn es darauf ankam. Warum ich nicht einmal meine Eifersucht und meine Verachtung runterschlucken könne, um ihr diesen Gefallen zu tun.

Und vielleicht hatte sie ja auch Recht. Vielleicht ging es in diesem Moment um etwas ganz anderes, Grundsätzlicheres, das zwischen uns ins Ungleichgewicht geraten war. Vielleicht lag es daran, dass ich ihr den immer größer werdenden Erfolg nicht gönnte, genau wie ich ihr die Teilnahme am Kunstzirkus nicht gönnte, weil ich eben kein Teil dieses Zirkus war und auch nie sein würde. Weil ich keine Einladungen zu Soireen und Vernissagen und After Hours bei wahnsinnig wichtigen Leuten bekam und nicht wusste, wie schwer es war, sich dem zu entziehen und trotzdem erfolgreich zu sein. Weil ich Abend für Abend in der Lilienthalstraße saß und Gedichte schrieb, die niemanden interessierten. Gedichte, die ich an 100 Verlage geschickt hatte, nur um 100 Absagen zu kassieren.

– Also gut, sagte ich, dann werde ich jetzt mit einem Baseballschläger nach Charlottenburg fahren und die Galerie-Scheiben und die KaDeWe-Scheiben und den kompletten Kurfürstendamm kaputt hauen. Bist du dann glücklich?

– Ja, sagte Mercedes, allerdings, dann wäre ich glücklich. Aber das würdest du nie tun, weil du zu feige bist. Weil du noch nie in deinem Leben etwas gemacht hast, weil du nichts machst und nie etwas machen wirst.

Und in diesem Moment, in dem ich Lust gehabt hätte, ihr eine richtige Ohrfeige zu verpassen, aber es nicht gemacht habe, weil ich ja, wie Mercedes bereits analysiert hatte, nie etwas mache, nie etwas gemacht habe und nie etwas machen werde, in diesem Moment also, bin ich einfach aufgestanden und aus der Tür gegangen.

Und dann, als es endgültig vorbei war, ein paar Tage später, saßen wir noch bis halb vier am Tresen vom *Tannenbaum* und schrien uns ein letztes Mal an und stürmten nach draußen, nur um sofort wieder zurückzukommen, weil wir uns das nicht bieten lassen wollten, diese Unwahrheiten des anderen. Wir stellten die Dinge richtig, führten Beispiele an, kramten all die alten Fehltritte und Enttäuschungen hervor, all die kleinen Verletzungen und Lügen, erinnerten uns an unsere schlimmsten Momente. Und saßen dort als zwei Menschen, die sich besser kannten als irgendwer sonst und deswegen auch besser wussten, wie sie sich verletzen konnten. Und stachen aufeinander ein mit all den spitzen Erinnerungen, bis der *Tannenbaum* schloss und man uns vor die Tür setzte und in diesem Moment ganz passenderweise ein leichter Nieselregen auf die Hermannstraße fiel. Und dann, an der Kreuzung, ließen wir die Chance auf eine finale Versöhnung verstreichen, sahen uns noch einmal an und gingen jeder in seine Richtung nach Hause. Sie runter zum Kottbusser Damm und ich durch die finstere Hasenheide, während mein Herz fiebrig schlug und ich wie ein Schlosshund weinte.

12.

In den nächsten Tagen rollten die ersten Herbststürme über den Balaton. Mädchen mit Federballschlägern drängten sich unter dem Vordach des Postamts zusammen, das Wasser lief in Bächen die Straße hinab, verzweigte und verästelte sich, wurde zum Delta und vertrieb die Ringelnattern und Eidechsen aus dem Schilf in die höheren Lagen.

In den Stunden, in denen die Sonne rauskam, lief ich runter zum Strandbad und sprang in den See, in dem schon gelbes Laub schwamm. Oft kraulte ich weit hinaus und kehrte erst um, als wieder Regen einsetze, der prall und stetig auf die aufgewühlte Oberfläche des Wassers trommelte. Das nasse, von Gras und Erde verfärbte Handtuch um die Schultern geschlungen und die Turnschuhe in der Hand, lief ich dann barfuß und verfroren die Hauptstraße entlang über die Bahngleise, bis ich die Glóbusz-Straße erreichte und mich mit der Bialetti und Onkel Bernáts alter Wolldecke wieder aufwärmte.

Die Temperaturen fielen, und als Ende September das Wetter endgültig umschlug, ging ich jeden Abend in Onkel Bernáts dickem Pullover zum Kiosk, wo ich 200 Forint-Münzen in den Flipper-Automaten steckte und mit den Opas, die da auch jeden Abend rumsaßen, auf unseren gemeinsamen Ruhestand anstieß.

Nach einem dieser Abende hatte ich acht oder neun Soproni auf dem Deckel, aber nicht nur das, in einem Anflug von Philanthropie schnappte ich mir auch die Rechnung der Opas und erhaben wie ein betrunkener Graf verkündete ich:

– Ich zahle das! Solange der Ex-Schriftsteller Carassin anwesend ist, lasst ihr das Portemonnaie stecken, capito?

Diese Rede hatte auch der Wirt mitbekommen, der sofort die Gelegenheit nutzte, mich auf den Schuldenstand der alten Säufer aufmerksam zu machen. Stolz und trotzig blätterte ich zwei grüne Hunderter auf den Tresen.

– So, da hast du's. Kauf dir Manieren davon, alter Halsabschneider.

So ging es die nächsten Tage weiter, die Geldscheine flatterten in alle Richtung davon, und ich war überrascht, als ich irgendwann ausrechnete, wie viel ich schon ausgegeben hatte.

Mal brauchte ich ein neues Aufladekabel oder eine neue Gaskartusche, mal spielte ich mit Onkel Bernát *Eurojackpot* oder kaufte mir eine Regenjacke.

– Das Kein-Geld-Ausgeben funktioniert nicht, beschwerte ich mich bei Onkel Bernát, als wir bei

Ilona im Garten saßen und Karten spielten. Wenn ich in diesem Tempo weitermache, werde ich statt 20 oder 30 Jahren höchstens zwei oder drei Jahre meinen Ruhestand in Zánka verbringen können.

– Wie wär's, wenn du dir einen Job suchst?, sagte Ilona.

– Das kommt überhaupt nicht infrage. Die Jahre zwischen 30 und 40 sind die wertvollsten im Leben, die will ich nicht mit Arbeit verschwenden.

– Dann musst du jetzt sparsam leben.

– Schon möglich, gab ich zerknirscht zu. Aber wie soll ich unter dieser Tyrannei mein Leben genießen? Wart ihr mal im Supermarkt die Woche? Löwenbräu aus der Dose 209 Forint, Erdnüsse 499 Forint, Borsodi aus der Dose 259 Forint. Wer soll denn das bezahlen?

– Ich hätte da noch eine andere Idee, sagte Onkel Bernát.

– Ist das wieder eine von deinen 1-Million-Euro-Ideen?

– Könnte sein, warum?

– Ach, Onkel Bernát, die funktionieren doch nie.

Und von diesem Moment an dachte ich ständig über Geld nach, obwohl ich ja in Zánka war, um nie wieder über Geld nachzudenken. Je mehr ich mich dazu zwang, nicht darüber nachzudenken, desto mehr dachte ich daran. Von morgens bis abends versuchte ich, die Forintnoten in der Tasche zu behalten.

Eines war mir jedenfalls klar: Durch diesen Sparkurs würde ich keine Freiheit erlangen, sondern höchstens Kleingeistigkeit. Dieser Sparkurs würde mich nicht zum Weltmann machen, sondern zum Spießbürger.

Ich war wütend. Mich kotzte es an, arm zu sein.

Warum hat mir die Sparkasse Celle-Gifhorn-Wolfsburg nur 7.500 Euro in den Umschlag gesteckt, dachte ich an einem dieser verregneten Septembertage, warum nicht 10.000 oder 15.000? Mit 15.000 Euro hätte ich jetzt weniger Probleme. 15.000 oder 20.000 wären eine anständige Preissumme gewesen, aber nein, sie haben mir nur 7.500 Euro in ihren Umschlag getan, weil sie mich mit dieser absurd schiefen Summe demütigen wollten. Und das haben sie ja auch geschafft, weil ich jetzt in Onkel Bernáts Wohnwagen sitze und mir nicht mal einen eigenen Wollpullover leisten kann.

– 20.000 Euro, das wäre eine hochanständige Preissumme gewesen, die meinen jahrelangen Bemühungen angemessen wäre. 20.000 hätten mir zugestanden, wenn sie es bei der Sparkasse Celle-Gifhorn-Wolfsburg ernst gemeint hätten mit der Literatur. Wenn sie es wirklich ernst gemeint hätten, hätten sie auch 20.000 hingeblättert, anstatt mich in dieser Zirkusveranstaltung auf der Terrasse des Ritz-Carlton mit 7.500 abzuspeisen, sagte ich zu Onkel Bernát, während wir am Strandkiosk Airhockey spielten.

Schade, dass es in Zánka keine Sparkassen-Filiale gibt, sonst würde ich gleich morgen vorbeigehen und die mir zustehenden 20.000 Euro einfordern.

– 12.500 Euro, korrigierte mich Onkel Bernát. 7.500 hast du ja schon bekommen.

– Ja, ja, sagte ich, was auch immer.

– Diese Knauser von der Sparkasse Celle-Gifhorn-Wolfsburg, sagte ich zu Onkel Bernát am nächsten Tag, haben mich mit 7.500 Euro abgespeist. Warum 7.500?, frage ich dich. Warum nicht 10.000 oder 20.000? Weil sie sich über mich lustig machen wollten, darum. Weil sie mir keinen Kunstpreis verleihen wollten, sondern einen Witzpreis. Nur darum haben sie diese absurd schiefe Summe in den Umschlag getan. Aus einer tiefen Verachtung, die jedem innewohnt, der bei der Sparkasse angestellt ist. Um mich daran zu erinnern, dass sie mich an der kurzen Leine halten für den Rest meines Lebens. Und weil sie wissen, dass mir gar nichts anderes übrigbleibt, als den Umschlag anzunehmen. Obwohl ich diesen Umschlag am liebsten vor ihren Augen zerrissen hätte, hatte ich gar keine andere Wahl, als den Umschlag dankend entgegenzunehmen auf dieser Ritz-Carlton-Terrasse, auf die die Schornsteine des VW-Werks ihre Schatten geworfen haben. Vor 25 C-&-A-tragenden Sparkassen-Männern und 25 Peek-&-Cloppenburg-tragenden Sparkassen-Frauen habe ich meine Gedichte vorlesen müssen, während noch der Chlorgeruch des Außenpools in der Luft hing und sich der DJ schon bereit gemacht hat, einen Elektro-Remix von *Crocodile Rock* aufzulegen.

Das, sagte ich zu Onkel Bernát, war die größte Demütigung meines Lebens. Dafür bin ich nicht Dichter geworden. Dichter bin ich geworden, um auf Wildeseln über die kasachische Hochebene zu reiten und wahnsinnig arrogante Topmodels auf der Piazza di San Silvestro abzuknutschen, aber sicher nicht, um in Wolfsburg als Pausenclown aufzutreten. Hätten sie statt 7.500 wenigstens 75.000 in den Umschlag getan, dann hätte ich ihnen diesen Scherz noch verzeihen können. Ja, meinetwegen hätten sie auch 750.000 hineintun können, wir wissen alle, dass sie die Kohle im Tresor liegen haben. 750.000 Euro hätten ihnen sicher nicht weh getan in der Jahresbilanz. Das hätte ihnen irgendein Finanzminister ja eh zurücküberwiesen, wenn er sie vor dem nächsten Banken-Crash rettet, sagte ich zu Onkel Bernát. Ja, sagte ich, 750.000 Euro ist genau die Summe, die mir zusteht, und früher oder später werde ich mir die auch holen. Und wenn es mit Gewalt sein muss, bitte, dann kann ich auch nichts dafür, dann haben sie es nicht anders gewollt.

13.

In Zánka gab es zwar keine Sparkassen-Filiale, aber es gab eine Filiale der Takarék-Bank. Und als ich ein paar Tage später am Schalter dieser Takarék-Bank stand, um einen meiner giftgrünen Hundert-Euro-Scheine in Forint umzutauschen, dachte ich: Ja, warum eigentlich nicht? Warum nicht *wirklich*?

Die Sparkasse Celle-Gifhorn-Wolfsburg hat mich mit diesen 7.500 Euro vorgeführt und gedemütigt, dabei liegen Milliarden in ihren kalten Kellern, genau wie im Keller der Takarék-Bank Milliarden liegen. Die Takarék-Bank steckt mit der Sparkasse Celle-Gifhorn-Wolfsburg unter einer Decke, dachte ich, so wie alle Banken unter einer Decke stecken. Und deswegen hätte ich jedes Recht, diese Takarék-Bank zu überfallen, das wird auch Onkel Bernát nicht abstreiten können. Wenn ich die Takarék-Bank nicht überfalle, wird es jemand anderes tun, und ich werde immer arm bleiben. Einer von den Typen, die am Tresen sitzen und drei Stunden an ihrem Bier nuckeln, weil sie kein Geld für ein zweites haben.

Am nächsten Morgen ging ich auf meinem Weg zum See einen kleinen Umweg und spazierte noch mal an der Bank vorbei.

Ich werde mir das mal unauffällig ansehen, dachte ich. Nur ansehen, nichts weiter. Und setzte mich mit meiner Sporttasche, in der ein Handtuch und der Game Boy Pocket waren, ins Gras und beobachtete, wie viele Leute in die Bank hinein und wieder hinausgingen, wie der Verkehr war und so weiter, während ich ein paar Runden *Jordan VS Bird* spielte.

Tatsächlich war die Takarék-Bank für einen Überfall denkbar exzellent gelegen. Direkt an der Hauptstraße, und 300 Meter weiter begannen die Wälder, die Felder, die Schotterwege.

Diese Bankfiliale wurde gebaut, um überfallen zu werden, dachte ich, sie will es, sie will es. Das ist die Chance, es allen Sparkassen dieser Welt zu zeigen. Und dann dachte ich wieder: Meinst du das etwa ernst? Außerdem hast du gar keine Waffe, willst du die Bankangestellten vielleicht mit dem Taschenmesser bedrohen? Und selbst wenn du es schaffen solltest, sind die Scheine doch nummeriert, Idiot!

Als ich zurück in der Glóbusz-Straße war, setzte ich mich an Onkel Bernáts Tower-PC, um zu schauen, wie viel man für ein Bankraub-Equipment hinblättern musste. Im Darknet fand ich eine polnische Kalaschnikow mit hundert Schuss für 1.700 Euro. Wer soll denn das bezahlen?, dachte ich. Das ist ja noch unverschämter als der grüne Spargel im Supermarkt.

Abends lag ich unter der Wolldecke und schwor mir, die Finger von der Sache zu lassen. Ich war einfach nicht der brutale Typ, der man sein musste, um so ein Ding durchzuziehen. Ich hatte nicht die Physiognomie zum Gewalttäter. In der Theorie, ja, in der Theorie konnte ich es durchziehen, nur die Ausführung würde auf katastrophale Weise scheitern. Schließlich hatte ich überhaupt keine Erfahrung auf dem Gebiet.

Weil das Internet bei Onkel Bernát miserabel ist, ging ich am nächsten Morgen runter in die Horgász-Straße, um bei Tante Ilona ein paar Bankraubfilme zu streamen. Ich wollte mir mal ansehen, wie das gemacht wird.

Aber inspirierend war das leider überhaupt nicht, im Gegenteil, es war total demotivierend, weil in all diesen Filmen der Bankraub schiefging, weil immer irgendwer was vermasselte. Werbung für Bankraub wird in *Butch Cassidy* und *Bonnie & Clyde* und auch in *Dog Day Afternoon* wahrlich nicht gemacht, sagte ich zu Tante Ilona, die neben mir saß und eine Börsen-Zeitschrift las.

Dabei hätte ich einen Film sehen wollen, in dem der Bankraub seriös durchgezogen wird, auf professionelle und unprätentiöse Weise, und danach fahren die Bankräuber gemeinsam ins Disneyland oder kaufen sich Eigentumswohnungen in Dubai. Diesen Film hätte ich gerne gesehen, sagte ich zu Ilona, eine echte Bankraub-Erfolgsstory. Aber dafür fehlt diesen Filmproduzenten die Fantasie. Alles, was die auf die Beine stellen können, sind Enden, wo jemand erschossen wird, das ist doch schrecklich.

Und obwohl ich mir schwor, endgültig die Finger davon zu lassen, kam ich in den nächsten Tagen immer wieder an der Takarék-Bank vorbei, bis ich merkte, dass ich das Gebäude bei meinen Spaziergängen unbewusst ansteuerte.

László, sagte ich mir, beruhig dich. Bis hierhin ist die ganze Sache nett gewesen, aber jetzt wirst du nach Hause gehen und alles vergessen.

Und den restlichen Tag dachte ich auch nicht mehr daran. Ich dachte an alles Mögliche, vermutlich auch an Mercedes Czeminski, aber nicht an die Takarék-Bank, bis es mir nachts, auf der Pritsche liegend, doch wieder einfiel und ich nicht einschlafen konnte. Stattdessen ging ich noch mal ins Darknet, um herauszufinden, was es kosten würde, eine ganz kleine Schreckschusspistole nach Zánka liefern zu lassen.

Was hab ich schon zu verlieren?, dachte ich. Räum doch einfach die verdammte Bank aus, hinterher wirst du schon wissen, ob's ne gute Idee war.

Am nächsten Tag saß ich gegenüber der Bank an einer Bushaltestelle und machte mir unauffällig Notizen. Ich notierte mir die Winkel der Überwachungskameras, die Mittagspausenzeiten der Angestellten und ich hätte noch viel mehr aufgeschrieben, wenn nicht Onkel Bernát mit dem Daihatsu an mir vorbeigefahren wäre und mich gefragt hätte, ob er mich mit nach Hause nehmen solle. Als ich einstieg, sah ich sofort an seinem Gesicht, dass er wusste, was los war. Doch erst mal stritt ich alles ab.

– Ich soll mir Pläne gemacht haben?, sagte ich zu Onkel Bernát, das ist ja lächerlich. Das sind doch keine Pläne! Bestenfalls Skizzen. Schau dir diese Hände an, sagte ich zu Onkel Bernát, sind das die Hände eines Bankräubers? Ist das das Herz eines Bankräubers, das du schlagen hörst?

– Nein, sagte Onkel Bernát, weil du ein Schriftsteller bist. Und die überfallen keine Banken, die schreiben Gedichte darüber!

Den Rest der Fahrt schaute ich aus dem Fenster und wagte es nicht, Onkel Bernát anzusehen. Als ich wieder im Garten vor dem Wohnwagen saß, kam mir meine Bankraubidee selbst stumpf vor. Es war kleinbürgerlich, die Takarék-Bank in Zánka zu überfallen, das leuchtete mir jetzt ein.

Und im Prinzip war ich auch irgendwie erleichtert, dass mir Onkel Bernát die Sache ausgeredet hatte, sonst hätte ich sie am Ende wirklich durchziehen müssen, dachte ich.

Kurz war ich also sehr erleichtert und ging mit dem Wollpullover runter an den Kiosk, um ein Soproni zu trinken. Aber dann, als ich nachts wieder im Wohnwagen unter meiner Decke zitterte und der Regen auf das Dach prasselte, wurde mir klar, dass meine Probleme auch nicht gelöst werden, wenn ich diese Bank nicht überfalle.

Ich zog den Wolfsburger Umschlag aus dem Kissenbezug und zählte die verbliebenen Hundert-Euro-Scheine. Ich besaß jetzt noch 5.100 Euro, und die würden für die nächsten 30 Jahre reichen müssen.

Onkel Bernát merkte, dass mich das Thema noch beschäftigte, als wir am nächsten Morgen am Ufer des graugrünen Sees entlang liefen. Stück für Stück rückte ich mit der Wahrheit heraus und vertraute mich Onkel Bernát an. Dem gefiel das alles gar nicht.

– Ausgerechnet die Takarék-Bank?, sagte Bernát. Wo die kleine süße Zsuzsika am Schalter sitzt? Was soll das, Lacika? Bist du übergeschnappt? Gehört das noch immer zu deiner *Ich-will-mich-an-der-Sparkasse-rächen-weil-die-als-Einzige-nett-zu-mir-waren-Fantasie*?

– Nein, Onkel Bernát, das verstehst du völlig falsch. Mit der Sparkasse hat das nichts zu tun, hier geht's ums große Ganze. Dass man sich in dieser Welt holen muss, was einem zusteht, darum geht's hier. Im Grunde ist das nämlich eine Enteignungsaktion. Und, come on, Onkel Bernát, tu mal nicht so, als wäre die Takarék-Bank die Wohlfahrt. Das sind genauso Verbrecher wie alle anderen. Außerdem *wollen* die überfallen werden, warum hätten die sonst ihre Filiale genau dahin gebaut? Einen riesengroßen Überfall-Fetisch haben die, das sag ich dir, vor allem deine kleine süße Zsuzsika, die während der Arbeitszeit Ohrwärmer für ihre Enkelkinder strickt.

Onkel Bernát blieb stehen und schaute mich streng an.

– Lacika, du meinst die Sache doch nicht etwa ernst?

– Ich weiß nicht, Onkel Bernát. Meinst du, ich wäre in der Lage dazu?

– Schwer zu sagen, Junge, wärst du's?

– Nein, sagte ich nach einer Pause, ich glaube nicht.

– Da hast du's.

– Ja, sagte ich, da hab ich's.

Dann gingen wir wieder ein Stück.

– Ich würde wirklich zu gerne dieses Bänkchen ausrauben, sagte ich, aber ich bin leider zu feige dazu. Das ist mein ewiges Dilemma. Ein moralisches Problem hätte ich dagegen nicht, im Gegenteil, ich finde es sogar unmoralisch, diese Bank nicht auszurauben. Aber ich habe Angst, geschnappt zu werden und dann die nächsten Jahre im Gefängnis zu schmoren so wie Onkel Sascha. Nur darum mache ich es nicht, sagte ich zu Onkel Bernát, während wir am Ufer entlang spazierten. Weil ich ein wahnsinniger Feigling bin. Weil meine kleinbürgerliche Sozialisation es mir unmöglich macht. Ich würde gerne, aber ich kann nicht. Und das werfe ich meinen Eltern vor, das ist ein Punkt, an dem sie bei meiner Erziehung versagt haben. Dass ich außer zu Ladendiebstahl und Trickbetrug zu keinem Verbrechen fähig bin.

– Ach, das sehe ich anders, sagte Onkel Bernát. Wenn ich deinen Eltern etwas vorwerfen würde, dann nur, dass sie dich zu einem kolossalen Langweiler erzogen haben.

Ich schaute Onkel Bernát böse an, aber ich wusste ja, wie er das gemeint hatte. Ich wusste ja, dass mich Onkel Bernát nur ärgern wollte. Und deswegen hielt er meinem bösen Blick auch stand und grinste mich an, weil er sich freute, einen Treffer gelandet zu haben.

– Komm, sagte er, ich lade dich auf eine Pizza ein. Und danach erzähle ich dir, was ich mir für dich überlegt habe.

14.

Als wir zurück in der Glóbusz-Straße waren, kramte Onkel Bernát in seinen Schubladen herum und legte einen Füllfederhalter und ein Blatt liniertes Papier auf den Tisch.

– Da hast du alles, was du brauchst.

– Aha, sagte ich, was soll das heißen?

– Die Lösung deiner Probleme, hier ist sie. Das Einzige, was dir fehlt, ist eine Idee.

– Die wird meine Probleme auch nicht lösen, sagte ich vorwurfsvoll.

– Doch, sagte Bernát. Das wird sie. Ein Stift und ein Blatt Papier reichen aus, um dich zum Millionär zu machen.

– Ja, theoretisch.

– Nein, praktisch. Es kommt nur darauf an, was du auf das Papier schreibst.

– Gut, also, was soll ich auf dieses Papier schreiben?

– Das 1-Million-Euro-Gedicht.

– Das 1-Million-Euro-Gedicht?, fragte ich. Was soll das sein?

– Na, *das* Gedicht!, sagte Bernát. Das überragende, alles pulverisierende, total geniale Gedicht. Das wirst du da hinschreiben.

– Okay, sagte ich, mal angenommen, ich würde wirklich so ein tolles Gedicht schreiben. Wer, glaubst du, gibt mir eine Million dafür? Die Leute haben anderes zu tun, als Gedichte zu lesen, das interessiert die nicht.

– Ja, aber *das* Gedicht schon. Das wird ihnen um die Ohren fliegen.

– Und was soll da drin stehen?

– Was weiß ich, du bist der Schriftsteller.

– Na ja, überlegte ich, also zum einen müsste es schon ein sehr langes Gedicht sein oder ein Zyklus, sonst kann man daraus kein Buch machen.

– Sehr gut, sagte Onkel Bernát, ein Zyklus, da gibt's doch schon einen, von diesem, na, wie heißt der denn, hilf mir mal, von diesem Franzosen.

– Rimbaud?

– Nein, der andere.

– Baudelaire?

– Ja, Baudelaire. Der hatte Stil. Das ist es, was die großen Schriftsteller ausmacht. Die schreiben einfach hin: *Das Kind geht aus dem Haus*. Peng. Ein Satz wie ein Peitschenhieb. Da ist kein Wort zu viel. Da stimmt alles. So einfach ist Literatur, mehr braucht es nicht. Nur ein Kind, das aus dem Haus geht. Genial! Und was da alles drunter liegt, das ist Sache der Leserschaft. Ist das Kind fröhlich? Traurig? Schon möglich. Das gilt es herauszulesen. Das ist eine Sache der Interpretation. Flieht es aus dem Haus? Wird es je dorthin zurückkehren? Das sind die

Fragen, die sich hier stellen. Literatur!, sagte Onkel Bernát laut, nur um dann noch mal: Literatur! zu sagen, nachdem er an seiner filterlosen Reval-Zigarette gezogen hatte.

– Ja, aber das funktioniert nicht mehr, sagte ich. Vor ein paar Jahrhunderten hat das vielleicht funktioniert, aber heute interessiert das niemanden. Vor ein paar Jahrhunderten hätten sie auch mir Gold vor die Füße geworfen für *Das Kristallmeer* und *Die Dinosaurier-Jahre*. Die Privatadressen monegassischer Prinzessinnen hätte man mir zugesteckt und eine günstige Sieben-Zimmer-Wohnung auf dem Boulevard Haussmann organisiert. Aber das ist Vergangenheit, Onkel Bernát. Denn was bekomme ich heute? Mahnbriefe, Mitleid und 7.500 Kröten von der Sparkasse Celle-Gifhorn-Wolfsburg. Wie einen Straßenköter hat man mich aus dem VIP-Bereich des Lebens geschmissen.

– Willst du es nicht wenigstens einmal versuchen?, sagte Onkel Bernát.

– Nein, sagte ich.

– Nicht ein Mal?

– Nein.

– Versuch's doch wenigstens.

– Wie stellst du dir das vor, Onkel Bernát? Selbst wenn ich es versuchen würde, bräuchte ich eine geniale Idee. Und soll ich ehrlich sein? Mein Vorrat an genialen Ideen ist erschöpft. Jahrelang *hatte* ich geniale Ideen, aber die habe ich alle in Liebesbriefe an Mercedes Czeminski geschrieben, mit der es für immer aus ist, wie du weißt.

– Dann lass uns zusammen überlegen, sagte Bernát. Es muss etwas sein, das die Leute anspricht. Etwas aus der Realität.

– Gut, sagte ich schnippisch, was könnte das wohl sein?

– Liebe, sagte Onkel Bernát. Ob Liebe möglich ist, das ist eine interessante Frage. Oder Lotto. Betrug im Lotto und wie er durchzuführen ist. Da hast du dein Thema.

– Ich hab doch überhaupt keine Ahnung von Lotto!

– Oder schreib darüber, was es bedeutet, ein Mensch zu sein. Wie es sich anfühlt, als Mensch auf diesem Planeten zu leben. Das ist die wichtigste Frage von allen. Gefühle, sagte Onkel Bernát, ein Gedicht sollte von Gefühlen handeln, nur davon. Von allen Gefühlen, die existieren.

– Alle Gefühle, die existieren, wiederholte ich, das klingt nach einem guten Titel.

– Nein, sagte Bernát, zu lang. Außerdem verrät das schon alles. So verkauft man keine Bücher. Du musst da betriebswirtschaftlicher denken, sonst wird das nichts mit dem Geld.

– Meinst du, das habe ich bisher nicht versucht? Jahrelang habe ich Gedichte geschrieben, immer nur Gedichte! Und für was? Für nichts, Onkel Bernát, für gar nichts. Keinen einzigen Euro habe ich mit diesen Gedichten verdient.

– Aber möglich ist es, sagte Onkel Bernát.

– Ja, gab ich zu, möglich ist es.

– Das 1-Million-Euro-Gedicht existiert, weil es möglich ist.

– Ja, möglich ist es, wiederholte ich mantrahaft und glaubte es in diesem Moment fast selbst.

– Na also, sagte Onkel Bernát. Hier ist ein Stift und hier ist ein Blatt Papier. Und jetzt setzt du dich in den Garten und überlegst, was du auf das Papier schreibst.

– Nein, nicht in den Garten.

– Warum nicht in den Garten?

– Da ist es zu windig, und das Papier weht weg.

– Gut, dann setzt du dich hier an den Tisch.

– Doch nicht an den Tisch. Da fällt mir nichts ein. An Tischen ist mir noch nie was eingefallen.

– Also, wo willst du dann hin?

– Ich leg mich erst mal ins Bett, sagte ich. Im Bett konnte ich immer am besten denken.

– Gut, sagte Onkel Bernát, dann leg dich ins Bett.

15.

Das 1-Million-Euro-Gedicht, dachte ich, als ich mich auf meiner Pritsche hin und her rollte, was für ein Unsinn! Was denkt Onkel Bernát, in welchem Jahr wir leben? 1799? Und schrieb dann trotzdem *Das 1-Million-Euro-Gedicht* in geschwungenen Buchstaben auf das Papier, bevor ich das Papier wieder weglegte und mir den Game Boy Pocket schnappte. Ich war in den letzten Tagen kurz davor gewesen, den Endgegner bei *Donkey Kong Land III* fertigzumachen, was ich jetzt nach 20 oder 30 Versuchen auch endlich schaffte.

Zur Belohnung öffnete ich mir ein Fläschchen von Ilonas selbst gebranntem Slibowitz und blätterte durch eine Ausgabe des *Uhren-Magazins*, das ich inzwischen nicht mehr als Fachzeitschrift betrachtete, sondern als Geheimpostille. Als Reiseführer in die Tiefen des bundesrepublikanischen Unterbewusstseins, als Sternenkarte und Kodex für das Unaussprechliche.

Und als ich am nächsten Morgen in den Garten wankte, um zu pinkeln und da fröstelnd und mir die Schläfen reibend herumstand und nicht wusste, was jetzt und wie weiter, und komplett haltlos war, ein Staubkorn im Weltall, ging ich wieder zurück ins Bett, frühstückte eine Ibu-400 und sah da dieses Blatt Papier, das unter den Tisch gerutscht war und auf dem *Das 1-Million-Euro-Gedicht* stand, in geschwungenen Füllfederhalterbuchstaben.

Und was, wenn Onkel Bernát Recht hat?, dachte ich. Was, wenn es *wirklich* möglich ist?

Wenn es möglich ist, das 1-Million-Euro-Gedicht zu schreiben – und alles, was man sich vorstellen kann, ist möglich, dachte ich – wenn es also möglich ist, dann könnte ich es versuchen. Wer soll das *sonst* schreiben?, dachte ich, während ich mich aufsetzte und in meine Jeans strampelte. Wenigstens könnte ich es versuchen. Immerhin das.

Ich feuerte mir ein Tässchen Espresso rein und dachte: So, wie ging das denn? Ach ja, richtig, und wollte diesen Gedanken gleich festhalten, wollte alles hinschreiben, aber da war's schon wieder weg, da hatte ich es schon verloren.

Und dann dachte ich: Komm, was soll's, du fängst ja gerade erst an.

Ein Gedicht, das eine Million Euro wert ist, überlegte ich, während ich zwischen den Apfelbäumen spazieren ging, was müsste da drinstehen?

Alle Tiere der Welt müssten vorkommen und Liebe und Eifersucht, und alle Hauptfiguren müssten sterben, und zwar auf die tragischste Weise, genau in dem Moment, in dem man sie lieb gewonnen hat.

Außerdem müsste viel gegessen und getrunken werden, denn das ist das Wichtigste. Und vielleicht könnte noch ein Rezept zum Brennen von Slibowitz darin vorkommen und eine Anleitung, wie man den Endgegner bei *Donkey Kong Land III* fertigmacht.

Am Nachmittag setzte ich mich in den Liegestuhl auf der Terrasse und dachte mir, okay, dann schreib ich das mal hin. Nur leider funktionierte das überhaupt nicht. Ich saß also da und nagte an Onkel Bernáts Füllfederhalter und schaffte es nicht anzufangen. Dann kam irgendwann Onkel Bernát vorbei und fragte: Na?

Und ich sagte: Na ja, und ging zurück in den Wohnwagen, weil es anfing zu regnen, und verkroch mich unter zwei Wolldecken und dachte: Klar, so kann das nichts werden, wer soll denn bei so einem Wetter Millionenideen hinschreiben? Und mit so einem kratzigen Füllfederhalter geht das eh nicht. Wie sollen denn die Ideen aus mir rausfließen, wenn das so kratzt? Unmöglich.

Abends ging ich dann im menschenleeren Strandbad auf und ab und sagte immer wieder verschiedene Wörter laut vor mich hin, um den richtigen Sound zu erwischen, um ein poetisches Gefühl zu entwickeln. Nein, dachte ich, das ist es noch überhaupt nicht. Da fehlt es an allem.

Mit einem Soproni setzte ich mich unter das Wellblechdach des Strandkiosks und starrte in die Weite des Balatons hinaus.

László, sagte ich mir, sei ehrlich, das wird nichts mit dem Gedicht. Hör auf, dich da in was reinzusteigern.

Ich zerriss das Papier, das ich mit zum See genommen hatte und auf dem kein einziges Wort stand, auf dramatische Weise und ließ die Schnipsel ins Gras segeln. Ich *fühlte* es einfach nicht. Wenn ich's fühlen würde, würde es sich automatisch schreiben, dachte ich, aber ich fühl's nicht.

Ich hatte mal eine Phase in meinem Leben – da muss ich 21 oder 22 gewesen sein –, da habe ich ausschließlich Weltraumnovellen geschrieben, weil ich's eben *gefühlt* habe. Die ganze Nacht saß ich auf dem Balkon, habe Kette geraucht und über Exoplaneten geschrieben, über KELT-9b und Wolf 1061c und Trappist 1d und keine Ahnung, wie die anderen alle hießen.

Diese Novellen schickte ich dann an ein paar Literaturzeitschriften und Verlage und ich habe nie – wirklich kein einziges Mal – eine Antwort bekommen.

Diesen Verlagen und Zeitschriften war es nicht mal wert, eine E-Mail zu schreiben, in der stand: Lieber Herr Carassin, Planeten passen uns gerade nicht ins Programm, aber viel Glück weiterhin.

Nicht mal das haben sie geschrieben. Jede Woche habe ich zehn Mails mit meinen Weltraumnovellen verschickt und zurückbekommen habe ich keine einzige.

Erst als ich ein Jahr später meine *Dinosaurier-Jahre* verschickte, habe ich Antworten bekommen. Zwar wollte auch die keiner drucken, aber immerhin habe ich Absagen erhalten. Immerhin haben die ab und zu geschrieben, dass sie leider keine Dinosaurier-Gedichte in ihrem Underground-Verlag veröffentlichen wollen. Aber als ich meine Weltraumnovellen geschrieben habe, haben sie nicht mal das geschrieben, da haben sie es nicht mal für nötig befunden abzusagen.

Ausgemacht hat mir das damals nichts, denn ich hab's ja gefühlt. Irgendwann wird die Zeit für meine Weltraumnovellen kommen, hab ich mir gesagt, und dann werden sie dumm dastehen und sich schämen, nicht einmal eine Absage geschickt zu haben. Dann werden sie sich in den Hintern beißen, weil Weltraumnovellen der letzte Schrei sind. Nur dann wird es zu spät sein. Dann werde ich derjenige sein, der auf der Luftmatratze im Pool treibt und überhaupt keine Zeit hat, auf Mails zu antworten, weil ich damit beschäftigt sein werde, Mezcal-Palomas zu schlürfen und meinen Steuerberatern beim Salto vom Dreimeterbrett zuzuschauen.

Und während ich jetzt unter dem Wellblechdach des Strandkiosks in Zanká saß, wurde mir klar, dass ich mein komplettes Gefühl verloren hatte, ich fühlte überhaupt nichts mehr.

Diese vier oder fünf Wochen, in denen ich meinen Ruhestand in Zánka verbracht hatte, haben mich künstlerisch und menschlich abgeschlafft, dachte ich. In diesem Zustand würde ich sicher kein 1-Mio-Euro-Gedicht schreiben, nicht mal ein 1-Euro-Gedicht, in diesem Zustand konnte ich mich gleich in den Sarg legen.

16.

– Ich kann es nicht mehr!, sagte ich zu Tante Ilona, zu der ich am nächsten Morgen geradelt war, um mich auszuheulen. Ich hab's verlernt!

– Wie soll man das verlernen? Du bist doch Schriftsteller.

– Nein, das bin ich nicht, sagte ich, ich war mal Schriftsteller, jetzt bin ich Ex-Schriftsteller.

– Unsinn, sagte sie, Ex-Schriftsteller, was soll das sein? Das gibt's nicht.

– Und ob's das gibt, sagte ich, hier sitzt einer vor dir, Ilonka.

Und dann briet uns Tante Ilona ein Omelett in der Eisenpfanne, denn sie hatte gleich erkannt, dass ich nicht nur gekommen war, um mich auszuheulen, sondern auch, weil ich nichts zum Frühstücken da hatte. Sie erzählte mir, wie stolz Onkel Bernát auf mich war und dass er seit Jahren all seinen Bekannten erzählte, dass sein Neffe ein Literat sei. Der wird es noch allen zeigen, sagt er immer, von dem werdet ihr bald in der Zeitung lesen.

– Das hat er gesagt?

– Bald werden seine Gedichte in jeder Bibliothek stehen, bald könnt ihr ins Kino gehen und euch die Verfilmung ansehen. Genau das erzählt er allen, sagte Ilona und hob mir dabei das Omelett auf den Teller.

– Wo ist Onkel Bernát eigentlich hingefahren heute morgen?, fragte ich kleinlaut. Denn natürlich hatte ich zuerst bei Onkel Bernát geklingelt, um mich bei ihm zum Frühstück einzuladen.

– Nach Tapolca, sagte Ilona, da schleppt er Kisten von A nach B, um sich was dazuzuverdienen.

– Nach Tapolca?, fragte ich. Warum macht er das? Onkel Bernát ist doch im Ruhestand.

– Weißt du nicht, dass er kaum Rente bekommt? Außerdem hat er 10.000 Euro Schulden bei einem Buchmacher in Štúrovo. Und irgendwann werden sie ihm die Daumen abschneiden, wenn er die Zinsen nicht zahlt. Und wie willst du ohne Daumen die Zeitung umblättern, he? Wie willst du die Angelhaken einfädeln? Gar nicht!

– Warum hat er das nie erzählt?, fragte ich.

– Warum, warum! Weil er Bernát ist und ein Gockel dazu! Darum!

– Ich wäre für ihn nach Tapolca gefahren, sagte ich in ernstem, beinahe feierlichem Tonfall. Ich hätte für ihn diese Kisten geschleppt, wenn er mich gefragt hätte. Und wenn sie zwei Daumen wollen, dann sollen sie meine abschneiden, ich brauch sie nicht mehr.

– Das werden wir sehen, sagte Ilona und schenkte mir ein Glas Apfelsaft ein, mit dem ich das Omelett runterspülen konnte.

Als ich dann, irgendwann am Nachmittag, wieder den Motor des Daihatsu Applause in der Glóbusz-Straße jaulen hörte, sprang ich von meinem Liegestuhl auf, um Onkel Bernát am Gartentürchen in Empfang zu nehmen.

Und eigentlich hatte ich vorgehabt, ihn auf der Stelle zur Rede zu stellen. Ich wollte ihn direkt fragen, warum er mir nie erzählt hatte, dass er zweimal die Woche morgens um vier in dieses Logistikzentrum nach Tapolca fuhr, um sich was dazuzuverdienen. Und ich wollte ihn fragen, ob es wirklich stimmte, dass er diesem Wetthai in Štúrovo noch Geld schuldete.

Doch Onkel Bernát wirkte, jetzt wo ich darauf achtete, tatsächlich hundemüde, eben wie jemand, der stundenlang Pakete sortiert hat. Und auf einmal kam es mir total daneben vor, ihn diese Dinge zu fragen. Als ob mich das was angehen würde. Und was soll er schon darauf antworten, dachte ich.

Und dann stellte ich mir vor, was Onkel Bernát auf diese Fragen geantwortet hätte. Erstens, hätte er bestimmt gesagt, seien das keine Wettschulden, sondern ein kleiner Kredit, also etwas völlig anderes. Und zweitens würde ihm dieser Job in Tapolca Spaß machen, da würde er mal rauskommen und neue Leute kennenlernen, *so what*? Und wir beide wüssten in diesem Moment, dass Onkel Bernát zwei Dinge nicht leiden konnte: erstens mal rauskommen und zweitens neue Leute kennenlernen.

Und weil ich jetzt eh schon wusste, was Onkel Bernát gesagt hätte, beschloss ich, lieber nicht zu fragen, und schenkte Onkel Bernát stattdessen ein großes Glas Cinzano mit Eis ein und für mich ein kleines Glas Cinzano mit Eis und stellte noch einen zweiten Liegestuhl raus auf die Terrasse, obwohl am Horizont schon violette Gewitterwolken entlangfauchten.

– Stimmt es wirklich, sagte ich dann, dass du allen erzählt hast, ich wäre ein Literat?

– Klar, sagte Bernát, stimmt doch.

Und dann stand er auf, um die Dachfenster wegen dem nahenden Gewitter zu schließen, und als er zurückkam, sagte er noch mal: Stimmt doch. Und drückte mich auf diese spezielle Art, auf die einen nur Onkel Bernát drücken kann. Und ich weiß noch genau, wie viel mir das in diesem Moment bedeutet hat. Denn mein Vater hätte das zum Beispiel nie zu mir gesagt. Und gedrückt hätte er mich auch nie, keine Chance.

Und in diesem Moment rief Ilona an, um uns zu sagen, dass wir wegen des Gewitters die Dachfenster schließen sollen. Und Onkel Bernát sagte: Haben wir doch schon längst gemacht. Was denkst du, wer wir sind? Die letzten Besoffskis?

Und kurz darauf fing es an zu schütten, und der ganze Himmel war voller Blitze, die über dem See und den Hügeln zuckten, mal links einer, mal rechts einer. Und weil sich so eine totale Weltuntergangsstimmung auflud und Onkel Bernát und ich eh schon betrunken und emotional waren, beschlossen wir einfach, ins Wohnzimmer umzuziehen und eine neue Flasche Cinzano aufzumachen, auch wenn es erst 16 oder 17 Uhr war. Und dann quatschten wir stundenlang über alles Mögliche, über Alain Delon und Brendan Fraser, über Hollywood und Dubrovnik, und plötzlich schweifte Onkel Bernáts Blick ab und er sagte: Ich kann mich erinnern an einen Abend im Jahr 1980. Da war ich tanzen in Giulianova, und der Himmel funkelte vor Blitzen so wie heute, wie ein Juwelierladen funkelte er. Ich war jung, und alles war möglich.

Und dann fragte er, wann ich mich endlich hinsetzen würde, um dieses 1-Million-Euro-Gedicht zu schreiben. Wann ich mir das 1-Million-Euro-Gedicht endlich aus dem Ärmel schütteln würde, das sei doch wohl auch möglich.

Und ich sagte: Das geht nicht, Onkel Bernát. Wie soll das denn gehen? Die Idee ist richtig, ja, aber in Zánka undurchführbar. Liegen hier etwa gewisse Schwingungen in der Luft? Stehen hier die Antennen auf *savoir vivre*? Ich glaube nicht, Onkel Bernát. Wie soll ich denn 1-Million-Euro-Zeilen schreiben, wenn ich in dieser verregneten Tristesse gefangen bin?

– Ich verstehe, sagte Onkel Bernát resignierend. Vielleicht hast du Recht, vielleicht geht es hier wirklich nicht.

– Absolut, sagte ich. Hier fehlt das richtige Ambiente. Ich brauche Sonne, ich brauche die Sterne, ich brauche fremde Stimmen, die mir von der Unendlichkeit berichten. Ja, sagte ich, wenn ich all das hätte, würde es vielleicht gehen. Aber hier sicher nicht. Ganz ehrlich, Onkel Bernát, ich weiß gar nicht, was ich hier überhaupt noch soll. Vor sechs Wochen dachte ich, Zánka wäre genau das Richtige für mich, nur um jetzt festzustellen, dass das komplette Gegenteil der Fall ist. Ich habe keine Lust mehr auf den Bettlerfürsten Carassin, die Rolle des edlen Schluckers hängt mir zum Hals heraus. Ich will der sein, der mit quietschenden Reifen vor der Spielbank in Monte-Carlo vorfährt, der Typ mit dem unbegrenzten Kredit. Ja, rief ich, ich breche meinen Ruhestand ab, um Millionär zu werden. Dann komme ich zurück und kaufe hier alles. Die Häuser und Straßen, den Supermarkt und die Takarék-Bank, den Kiosk und das Strandbad, ich kaufe hier alles, was du siehst, und dann schenke ich es dir, Onkel Bernát.

Jahrelang habe ich Gedichte geschrieben und verdient habe ich damit keinen einzigen Euro. Jahrelang habe ich die 29-Cent-Spaghetti bei Netto gekauft, um mich irgendwie durchzuschlagen, weil diese Spaghetti-Jahre sein müssen. Diese Spaghetti-Jahre gehören bei Schriftstellern dazu, dachte ich. Und nie hätte ich mich getraut, meine Spaghetti bei Rewe oder Edeka zu kaufen. Jede Woche bin ich zu Netto auf der Urbanstraße gegangen und habe mir da die 29-Cent-Spaghetti gekauft, und meine Gedichte wollte trotzdem keiner drucken. Jahrelang habe ich gedacht, ich müsste nur lange genug 29-Cent-Spaghetti essen, dann würde es schon klappen, aber das hat es nicht, denn keiner von diesen Verlegern wollte etwas von meinen Gedichten wissen. Ihnen allen werde ich es jetzt zeigen!, sagte ich zu Onkel Bernát. Kein 1-Million-Euro-Gedicht werde ich schreiben, sondern ein 1-Milliarde-Euro-Gedicht!

Und als ich das in diesem Moment sagte, meinte ich es todernst. Onkel Bernát hat es tatsächlich geschafft, dachte ich. Wochenlang ist er mir mit seinen 1-Millionen-Euro-Ideen in den Ohren gelegen, immer und immer wieder, ohne dass ich ihn dabei ernst genommen hätte, bis sich die Welle an einem Punkt gebrochen hatte und nun *ich* es war, der *ihm* damit in den Ohren lag.

Dann umarmte mich Onkel Bernát noch mal und holte die teure Flasche Cognac aus dem Schnapsschrank, um diesen Entschluss zu feiern. Und ich hätte mir gewünscht, dass auch mein Vater mal auf die Idee gekommen wäre, mich zu umarmen oder eine Flasche Cognac aus dem Schrank zu holen. Aber das war leider unmöglich, denn mein Vater war eben niemand, der jemanden umarmte. Und auch eine Flasche Cognac habe ich ihn noch nie irgendwo hervorholen sehen.

Schon am nächsten Morgen fuhren Onkel Bernát und ich mit dem knallroten Daihatsu Applause nach Ferihegy zum Flughafen.

Hinten im Kofferraum lag meine Sporttasche und in der Sporttasche der Umschlag der Sparkasse Celle-Gifhorn-Wolfsburg, in dem jetzt 1.000 Euro weniger waren. Denn vor unserer Abfahrt hatte ich noch zehn giftgrüne Hunderter aus dem Umschlag genommen und im Wohnwagen unter den Game Boy geklemmt, damit Onkel Bernát ein paar von seinen Schulden zurückzahlen konnte, an diesen Buchmacher in Štúrovo und an meine Mutter, der er auch noch was schuldete, und an all die anderen Leute, von denen er sich auch Geld geliehen hatte.

Den Rest würde ich ihm später schicken, dachte ich, während ich schon am Gate stand und darauf wartete, in die Wizz-Air-Boeing zu steigen. Den Rest würde ich ihm aus Nikosia schicken, wenn ich mein 1-Million-Euro-Gedicht geschrieben hatte. Denn nach allem, was mir mein Mitbewohner Diamantis Diamantidis in den letzten Jahren erzählt hatte, war Nikosia genau der Ort, an dem mir das 1-Million-Euro-Gedicht gelingen würde.

17.

Nachdem ich den etwas abenteuerlichen Wizz-Air-Flug überlebt hatte, kletterte ich aus der Maschine und sprang, meine Sporttasche unter dem Arm, auf den glühenden Asphalt des Rollfelds.

Schon vor dem Abflug hatte ich versucht, Diamantis zu erreichen, der aber nicht rangegangen war, weil er vor 14 Uhr nie ranging. Doch auch jetzt, als ich es gegen 16 Uhr noch einmal versuchte, hob er nicht ab.

Ich lief durch die Ankunftshalle des LCA und versuchte, mir einen Freddo Espresso zu organisieren, denn das Wichtigste auf Zypern ist, dass man nonstop stark gezuckerte Freddo Espressos trinkt, das erzählte mir Diamantis seit Jahren, und deswegen hielt ich mich daran.

Dann stieg ich in ein Taxi und ließ mich, ohne vorher zu verhandeln, nach Nikosia fahren. Um den Preis zu feilschen, das war nichts mehr für mich. Ich würde mein Leben ab jetzt anders führen, großspurig und großherzig, launisch und grell, so wie es sich für einen Dichter mit Millionenauflage gehört. Und während ich das dachte und das Taxi zu folkloristischem Radio-Sound über die Autobahn raste, tastete ich durch den Sporttaschenstoff nach dem Umschlag mit den 7.500 Euro, die ja schon lange keine 7.500 Euro mehr waren, sondern nur noch 3.900 Euro, wie ich auf der Bordtoilette der Wizz-Air-Boeing nachgezählt hatte.

Gerade als wir den Eleftheria Square erreicht hatten und ich aus dem Taxi stieg, klingelte mein Handy.

– Rate, wo ich bin, sagte ich zu Diamantis.

– In Nikosia, hast du mir doch schon geschrieben.

– Ach so, sagte ich, hab ich?

– Du hast mir auch eine Menge anderes wirres Zeug geschrieben. Zum Beispiel, dass ich deine Asche bei Hagenbeck ins Walrossbecken schütten soll, falls du den Flug nicht überlebst.

– Ach das, sagte ich, ja, das war auf der Bordtoilette. Da hatte ich mich eingeschlossen und war sicher, dass wir abstürzen.

– Und? Seid ihr abgestürzt?

– Ach, weißt du, sagte ich, irgendwie kriegen diese uralten Klapper-Boeings in letzter Sekunde ja doch noch die Kurve.

– Jaja, die uralten Wizz-Air-Boeings, schwelgte Diamantis in Erinnerung an unseren gemeinsamen Wizz-Air-Flug nach Chişinău, der, das muss man so sagen, ebenfalls experimentellen Charakter gehabt hatte.

– Wie auch immer, sagte ich, wie wär's, wenn du deine Finger über die Tastatur gleiten lässt und dir ein

Plätzchen in der nächsten Maschine nach Zypern buchst?

– Warum? Was soll ich da?

– Machst du Witze, Diamantis? Seit Jahren erzählst du bei jeder Gelegenheit, dass Zypern der einzige Ort ist, um glücklich zu sein.

– Ja, aber nicht für mich, Lászlólein. Ich kenn das doch alles. Hab ich schon alles angefasst und ausgetrunken und liebgehabt.

– Das willst du mir weismachen, während du im hundert Prozent schrecklichen Berlin sitzt?

– Außerdem wohnen in Nikosia überall Tanten von mir. An keine Straßenecke kann ich pinkeln, ohne dass es von einem Balkon schallt: He, Diamantis, pinkel woanders hin, du Sohn eines türkischen Ziegenbocks! Siehst du, was ich meine, ein einziger Überwachungsstaat. Ich kann nicht mal in die Disko gehen und mit irgendwem rumknutschen, weil ich hundert Cousinen zweiten Grades in Nikosia habe. Was denkst du, wie hoch da die Trefferquote ist? Das ist eine genetische Katastrophe, kann ich dir sagen.

– Da fällt mir ein, Diamantis, vielleicht könntest du mal bei deiner weitverzweigten alttestamentarischen Verwandtschaft herumtelefonieren, ich bräuchte nämlich eine preisgünstige Unterkunft, am besten sofort.

– Ach ja, bräuchtest du das? Und wer zahlt deine Miete in der Lilienthalstraße, während du weg bist?

– Das geht doch jetzt am Thema vorbei, sagte ich, ich bin hier an einem Millionen-Business dran, gib mir mal ein paar Wochen Zeit, dann zahl ich dir alles doppelt zurück, versprochen.

– So, so, sagte Diamantis, also gut, ich höre mich um.

Ich schlenderte die Ledra Street hinab und fühlte mich phänomenal. Nach Nikosia zu fliegen war die beste Entscheidung, dachte ich. Und als ich im Schatten einer Seitenstraße einen weiteren Freddo Espresso bestellte, spürte ich, wie die Stimmen und Gerüche um mich herum wie Blitze in meinen Körper einschlugen.

Schon jetzt fühlte ich, wie der zyprische *Way of Life* von mir Besitz ergriff, und ich wusste, dass von nun an alles Sinn ergeben würde. Das bleierne Zánka und das bleierne Regenwetter und vor allem mein bleierner Sparzwang hatten an mir genagt wie Ratten, dachte ich. Ein Glück, dass ich dem in letzter Sekunde entkommen bin.

Ich trank einen großen Schluck von meinem Freddo und spürte, wie alttestamentarische Koffeinstöße durch mein Hirn fuhren, als mein Handy klingelte und eine unbekannte zyprische Telefonnummer auf dem Display erschien. Diamantis hatte Wort gehalten. Eine zischelnde Babuschka-Stimme, die sich als Madame Voulgaris vorstellte, diktierte mir eine Adresse in der Odysseos Street.

Ich schmiss mir die Sporttasche über die Schulter und lief durch die staubigen Gassen der Altstadt, vorbei an Orangenbäumen und Bauruinen, immer weiter nach Osten, bis ich ein schmales Häuschen ohne Klingel erreichte. Nachdem ich einige Minuten geklopft hatte und ratlos herumgestanden war, schoss ein gelber Suzuki Jimny um die Ecke und bremste zwei Meter vor mir scharf ab. Zweifelsohne war es Madame Voulgaris, die am Steuer saß, denn anders konnte man gar nicht aussehen, wenn man Madame Voulgaris hieß.

Ohne zu feilschen, ging ich auf ihre Forderungen ein und blätterte für Miete und Kaution elf giftgrüne Hunderter in ihre sehnigen vampirhaften Hände.

Danach habe ich Madame Voulgaris, genau wie meine Kaution, übrigens nie wieder gesehen. Nur ihren neongelben Suzuki habe ich noch das ein oder andere Mal entdeckt, wenn er durch die engen Altstadtgassen brauste, sodass die armen zyprischen Kätzchen beiseite springen mussten.

Das Studio, das ich gemietet hatte, war jedoch mehr als in Ordnung. Mit Luxus hatte ich nicht gerechnet, aber es gab einen großen Ventilator und einen Kühlschrank, in dessen Eisfach ich den Umschlag mit den 7.500 Euro versteckte, in dem ja leider keine 7.500 Euro mehr waren, sondern nur noch 2.800 Euro.

18.

Am nächsten Morgen war ich blendend aufgelegt. Ich duschte kalt und knabberte gesalzene Pistazien, während ich durch die Altstadtgassen lief. Dann setzte ich mich ins *Halara* und bestellte einen Freddo mit Medium Sugar.

– Where are you from?, fragte mich der Kellner. Und aus einem alten Reflex sagte ich: Zurigo, Switzerland.

Wenn ich früher auf Reisen war und gefragt wurde *Where are you from?* – und das wird man auf Reisen ja ständig gefragt –, dann sagte ich entweder *Zurigo, Switzerland* oder *Zurigo, Svizzera*, einfach weil ich keine Lust hatte *Berlin, Germany* zu sagen, weil *Berlin, Germany* doch sehr nach *Wehrmacht, Wehrmacht* klingt, wie ich finde. Wenn ich dagegen *Zurigo, Switzerland* sagte, nickten die Leute immer freundlich, wahrscheinlich weil sie sich unter *Zurigo, Switzerland* überhaupt nichts vorstellen konnten, und sagten so etwas wie *Okay, cool*, genau wie der Kellner vom *Halara* auch jetzt *Okay, cool* sagte.

Und in dem Moment, als er das sagte, dachte ich, klar, mein 1-Million-Euro-Gedicht, das müsste auf jeden Fall auch in Zurigo, Switzerland spielen. Als sonstige Schauplätze fielen mir nur Honolulu, Hawaii und die Altstadt von Nikosia ein.

Ich dachte also über die poetische Stoßrichtung nach, über die richtige *Einflugschneise*, als ich schon bei diesen ersten Denkübungen im *Halara* merkte, dass ich ganz falsch ausgestattet war. Denn obwohl es bereits Anfang Oktober war, brannte die Sonne noch mit 30 Grad vom wolkenlosen zyprischen Himmel.

Meine Sportjacke war hier fehl am Platz, genau wie die Jeans und das Florida-Gators-Shirt, das bereits an meinen Oberarmen klebte. Mit einem solch amateurhaften Outfit brauchte ich den Stift gar nicht erst in die Hand zu nehmen, dachte ich. Das, was ich brauchte, war eine möglichst große Sonnenbrille, Leinenhemden in XXL und luftige Tennis-Shorts, am besten solche, wie Agassi sie 1992 in Wimbeldon getragen hatte, als er McEnroe in drei Sätzen vom Centre Court gedroschen hat.

Ganz klar, dachte ich, genau die muss ich mir besorgen, ohne diese Tennis-Shorts macht es gar keinen Sinn anzufangen, und stellte nach kurzer Recherche fest, dass alle Sportbekleidungsgeschäfte in Nikosia in der gleichen Straße lagen. Dieses, auf den ersten Blick, irrationale Muster hatte ich auch schon in anderen europäischen Städten beobachtet. Nur dass es da Werkzeug-, Koffer- oder Spielzeugläden waren, die alle direkt nebeneinander lagen, anstatt sich –

was mir logischer erschien – über das Stadtgebiet zu verteilen.

Während ich also in der Evagorou Street von Sportladen zu Sportladen ging, um die Tennis-Shorts zu finden, die 1992 Agassis unbesiegbare Hüften geziert hatten, dachte ich über diese Logik der Unternehmensführung nach und versuchte sie auf mein eigenes Projekt zu übertragen. Danach ging ich in einen Schreibwarenladen, wo ich ebenfalls *unternehmerisch* einkaufen wollte.

Für mein 1-Million-Euro-Projekt war robustes Handwerk gefragt, das spürte ich ganz deutlich. Eine gewisse uramerikanische Hemdsärmeligkeit stand mir vor Augen, oder besser noch die grobschlächtige Abgebrühtheit, mit der die chinesischen Großverlage Jahr für Jahr neue Marx-Engels-Volksausgaben auf den Markt warfen. Was dagegen fehl am Platz war, das war europäische Schöngeisterei und Füllfederhalter, das konnte hier keiner gebrauchen.

Und deswegen entschied ich mich in diesem Schreibwarenladen auch für die einfachsten Schreibhefte und Kugelschreiber, die für 25 Cent im Angebot waren. Genau mit diesen Schreibheften und Kugelschreibern würde ich mein 1-Million-Euro-Gedicht schreiben, das erschien mit in diesem Augenblick so logisch, als hätte ich nach jahrelanger Irrlichterei plötzlich den Ausgang eines gedanklichen Labyrinths gefunden.

Mit meinen neuen Tennis-Shorts, einem neuen dunkelblauen Leinenhemd, einer Plastiktüte voller Kugelschreiber und Schreibhefte und einer gefälschten Celine-Sonnenbrille lief ich die Ermou Street hinab und war bereit, auf der Stelle loszulegen.

Schon Hunderte Vergleiche und Verwandlungen im Kopf, alles mit allem verknüpfend, die Wirklichkeit von allen Seiten erspürend, setzte ich mich ins *Haratsi* direkt am Grenzstreifen und überlegte, wie ich beginnen könnte.

Immer wieder nahm ich einen der Kugelschreiber in die Hand und ließ ihn hinab zum Papier sinken, nur um ihn im letzten Augenblick wieder hochzuziehen.

Ganz ruhig, dachte ich, du warst sechs Wochen in Frührente, da solltest du es nicht gleich übertreiben. Startschwierigkeiten gehören dazu, können sogar ein gutes Zeichen sein. Widerstand bedeutet nur, dass du auf der richtigen Fährte bist. Darauf kann man aufbauen, vielleicht nicht heute, aber morgen.

Und dann beschloss ich, obwohl es erst Nachmittag war, direkt von Freddo Espressos auf Brandy Sours überzugehen. Ich setzte mich an die Bar des *Haratsi*, und weil Stavros nicht nur Barmann, sondern selbst Dichter war, nutzte ich die Gelegenheit, um mich mit ihm über unseren jahrelangen Kampf auszutauschen.

– Jahrelang habe ich einen Abnutzungskampf mit der Literatur geführt, sagte ich auf Englisch zu Stavros. Jahrelang habe ich mich ausgepresst wie eine Blutorange. Und alles, was ich dafür bekommen habe, war Desinteresse, Ignoranz und Mietpreiserhöhungen. Seit zehn Jahren schreibe ich die radikalsten und verletzlichsten Gedichte, und hat das vielleicht irgendwen interessiert? Natürlich nicht! 2010 zum Beispiel, sagte ich zu Stavros, während ich mit dem Strohhalm im Crushed Ice meines Brandy Sour stocherte, 2010 habe ich ausschließlich über meinen Skoda Favorit geschrieben. Das waren total geniale Gedichte, daran besteht kein Zweifel, aber im Nachhinein kann ich schon verstehen, warum die niemand drucken wollte. Diese Gedichte hießen alle ähnlich: *Skoda Favorit I*, *Skoda Favorit II*, *Skoda Favorit III*, *Skoda Favorit IV–VI*, den Rest kann man sich denken.

Das ganze Jahr habe ich Gedichte über diesen alten Skoda geschrieben, bis ich im Herbst 2010 runter nach Istanbul gefahren bin, weil ich dachte, dass das eine gute Idee wäre. Und es war ja auch eine gute Idee. Aber auf dem Rückweg bin ich in Montenegro auf einem Gebirgspass liegengeblieben. Und weil es sich nicht mehr rentiert hätte, den Skoda in irgendeine Werkstatt zu schleppen, habe ich die Nummernschilder abmontiert und ihn da einfach stehen lassen. Das war schon ein trauriger Moment, kann man sich ja vorstellen. Und ab diesem Zeitpunkt war es vorbei mit den Skoda-Gedichten. 2011 bin ich dann nach Berlin gezogen und zeitgleich in eine mythologisch-zoologische Phase reingeschlittert. Ich habe da meinen großen Arche-Zyklus geschrieben. Die Gedichte darin hießen zum Beispiel *Der Schakal* oder *Der Salamander* und handelten ausschließlich von Tieren, die in der Bibel vorkommen.

Ich war damals total auf Minimalismus eingeschworen, deswegen gab es da eine große Konzentration auf das Wesentliche. Und wenn ein Gedicht *Der Schakal* hieß, dann wurde da ohne Umwege das Wesen des Schakals beleuchtet, natürlich in einem archaisch-biblischen Kontext. Aber 2012 hatte ich dann die Schnauze voll von diesem Minimalismus. Ich habe diese Arche-Gedichte alle vernichtet und versucht, noch mal neu zu schreiben, nur diesmal mit dem größtmöglichen Maximalismus. Alles war extravagant und ausschweifend, und auch formal ist das Ganze regelrecht explodiert, nachdem ich mich jahrelang gezwungen hatte, streng und sachlich zu sein. Und das hat sich im ersten Moment wie eine Befreiung angefühlt, das war ein künstlerischer Urknall, der da aufs Papier geschallt ist. Und ich dachte mir: Jetzt geht's los, jetzt hab ich's gefunden. Aber schon bald wurde mir klar, dass auch das nur ein Zwischenschritt war. Dieses komplett Expressive und Maximale konnte ja keiner länger als fünf Minuten ertragen, das war ja alles wahnsinnig anstrengend. Und 2013 habe ich dann nur noch inhaltlich gedacht. Das Formale hat mich überhaupt nicht mehr interessiert, das hatte ich überwunden.

Ich war total frei davon und habe mich nur noch am Inhalt abgearbeitet, und 2013 war dieser Inhalt *Geister und Phänomene*. Das war meine metaphysische Phase.

2014 hatte ich aber genug von den Geistern, und es kamen Gewässer an die Reihe, weil ich mich in das Liquide, das Fließende hineingesteigert hatte, in das kreatürliche Element. Und damit hatte ich auch meine ersten Erfolge. Drei dieser Wassergedichte wurden in einer Literaturzeitschrift abgedruckt. Ich glaube, es waren *Der Pazifik*, *Der Starnberger See* und *Der Rio Bravo*. Und eines davon, *Der Starnberger See,* wurde sogar ins Litauische übersetzt und ist in einer litauischen Lyrik-Anthologie erschienen. Nur leider ist es dann 2015 wieder bergab gegangen. Die Gewässer wollte plötzlich keiner mehr haben, aber anstatt mich auf etwas Neues zu fokussieren, habe ich mich noch viel zu lange an den Gewässern festgeklammert, obwohl ich mich da nur noch selbst kopiert habe und von Wasser-Gedicht zu Wasser-Gedicht schlechter geworden bin.

Erst 2016 konnte ich mich komplett von den Gewässern befreien. Und dann kamen Metalle an die Reihe, also Gold, Stahl, solche Sachen. Aber das war nur eine kurze Phase, und auch hier war der autobiografische Zugang das Problem. Ich habe gemerkt, dass ich keine echten Emotionen dazu aufbauen konnte. Und erst Ende 2016 habe ich verstanden, dass ich ja auch über mich schreiben kann. Jahrelang hatte ich gedacht, dass es nichts Langweiligeres und Uninteressanteres gäbe, als meine eigenen Gedanken aufs Papier zu schreiben, bis ich gemerkt habe, dass diese Gedichte besser waren als alles zuvor. 2016 habe ich zum Beispiel ein Gedicht über Mercedes Czeminski geschrieben, das ging so:

Biblisch und flamboyant
Das ist die Künstlerin
Mercedes Czeminski
Eine geniale Kaputtmacherin
Wie sie im Buche steht

Und auch über Diamantis habe ich in dieser Phase viele Gedichte geschrieben, von denen die meisten wieder verloren gegangen sind in den Wirren dieses langen Winters. Aber eines von denen, die nicht verloren gegangen sind, geht so:

Einmal gingen mein Mitbewohner
Diamantis Diamantidis
den man auch den
Weltenzerstörer nennt
die zyprische Axt
das erotische Perpetuum mobile
den großen Dominator
den Traum der modernen Hausfrau
den Kenner von Spar-Angeboten

den Unerhörten
und ich
László Carassin
bekannt als
Feuerwehrmann der Gefühle
als wirbelnde Ginsterkatze
den sie Land auf Land ab
als Anstifter
abgespeichert haben
zur Pizzeria Olivo
in Kreuzberg
und bestellten uns da
eine Pizza Vegetaria
und eine Pizza Amore
und einen kleinen gemischten Salat

Und auch *Das Kristallmeer* und *Easyjetflug 4614* habe ich im Winter 2016/17 in der Lilienthalstraße geschrieben, während ständig die Heizung ausgefallen ist und ich mich mit Mercedes Czeminski gestritten habe. Allgemein bin ich während dieser drei oder vier Wintermonate künstlerisch erblüht, nur um dann, in genauso kurzer Zeit, wieder zu verblühen. Auch *Los Crayfish Hermanos* und *George W. Bush besucht den Flugzeugträger USS Nightingale* habe ich in diesem Winter geschrieben, die zwei meiner besten Gedichte sind, wenn nicht sogar die besten, und die ich noch nie jemandem gezeigt habe, einfach weil ich sie nur für mich allein haben wollte.

Das und noch viel mehr habe ich Stavros, der wie ein finsterer tätowierter Abt hinter dem Tresen gestanden ist, also an diesem Oktobernachmittag erzählt, während ich fünf oder sechs Brandy Sour trank, die im *Haratsi* im fairen 0,33-Glas ausgeschenkt werden.

Dann lief ich mit meiner Plastiktüte voller Kugelschreiber und Schreibhefte zurück zur Odysseos Street. Ich knurrte mit den Hunden und schnurrte mit den Katzen und fragte jeden Opa, den ich traf, nach der Uhrzeit, um ihn daraufhin in irgendein Gespräch zu verwickeln.

Und diese Opas quatschten mich dann auf Griechisch voll, von dem ich kaum etwas verstand, und ich quatschte sie dann ebenfalls voll, obwohl auch sie nichts verstanden. Aber darum ging es ja überhaupt nicht, es ging ja nur um die Kommunikation an sich, und die lief, das war super. Und auch die Opas waren super, ich mochte die richtig gerne. Und trotzdem fragte ich mich, wo eigentlich die hundert Cousinen von Diamantis steckten, denn die hätte ich schon mal gerne kennengelernt.

Stechmücken und Zedernzweige streiften meine Unterarme, als ich an der Stadtmauer entlanglief. Und während ich mir im Kiosk noch ein Keo und Zahnpasta kaufte, wurde mir klar, was für ein fantastischer Ort Nikosia war, schmutzig und schillernd und eine Wolke poetischer Energie versprühend, die ich nur inhalieren musste wie ein Scheibenputzerfisch.

Und genau das schrieb ich dann Diamantis. Ich schrieb: Das Leben hier auf Zypern ist eine einzige Sensation, mein lieber Diamantis, da hast du nicht gelogen. Am liebsten möchte ich für immer bleiben und dieses Gesamtkunstwerk inhalieren, aber so ganz alleine ist es auch langweilig. Also sei kein Frosch und schwing dich in die nächste Boeing, damit wir hier gemeinsam alt werden können wie die Galapagosschildkröten.

19.

Am nächsten Morgen stand ich um sieben auf und sprang mit dem ersten Klingeln des Weckers aus dem Bett. *Ist heute der Tag?*, sang ich unter der Dusche im Parapluies-de-Cherbourg-Stil, *wird es heute passieren? Ist heute der Ta-a-ag?*

Nur nichts überstürzen, dachte ich, als ich in meine Tennis-Shorts schlüpfte, lass es einfach kommen, mach es wie die verdammten Profis. Und dann beschloss ich, zum Schreiben nicht direkt ins Café zu gehen, sondern erst durch die Gassen zu schlendern und die Welt in mich hineinzulassen.

Ich schaute mal in diesen Hinterhof und mal in jenen, mal in dieses Gesicht und mal in jenes, ging weiter und sah mich selbst im Seitenspiegel eines Autos und schaute auch mich ganz genau an und versuchte, mir alles zu merken, für später. Und lief immer weiter, weil ich noch mehr sehen und hören und fühlen wollte und war irgendwann ganz erschöpft und zufrieden, weil ich so viel gesehen und gehört und gefühlt hatte, und ließ mich – dermaßen *aufgeladen* – an einen der Tische vor dem *Halara* fallen, um mit dem Gedicht anzufangen.

Carassin, sagte ich zu mir, da ist der Stift, da das Papier, jetzt musst du es nur noch hinschreiben.

Doch immer wenn ich den Kugelschreiber in die Hand nahm, immer wenn ich dachte, jetzt schreib ich's hin!, fing der Typ am Nebentisch an, mit der Zeitung zu rascheln. Das machte mich wahnsinnig. Ich ging also rüber und sagte:

– Mister, können Sie vielleicht aufhören, mit der Zeitung zu rascheln? Ich bitte darum.

Doch daraufhin raschelte er noch mehr, oder es kam mir jedenfalls so vor, weil ich *nur noch* darauf achtete, ob er raschelte oder nicht raschelte, es war der Horror.

An Schreiben war jetzt nicht mehr zu denken und an ein 1-Million-Euro-Gedicht schon gar nicht.

Für ein 1-Million-Euro-Gedicht muss viel zusammenkommen, da muss man eine Top-Performance abrufen, da braucht es ideale Bedingungen, aber nicht solche Raschler am Nebentisch, davon erholt man sich den ganzen Tag nicht mehr.

Erbost packte ich die Kugelschreiber und Schreibhefte wieder ein und lief über den Checkpoint rüber nach Nord-Nikosia, wo ich mir in einem türkischen Bad den Rücken schrubben ließ und versuchte, das Geraschel zu vergessen.

Danach wagte ich den nächsten Versuch. Ich setzte mich in ein abgelegenes Café in der Minos Street und legte mein Schreibzeug vor mir auf den Tisch.

Soweit ich sehen konnte, war ich der einzige Gast, alle Tische links und rechts waren unbesetzt, außer dem Summen der Ventilatoren war nichts zu hören. Nur leider kam ständig der Kellner und störte.

– Die Karte brauche ich nicht mehr, sagte ich. Bringen Sie mir einen Icehopper und in 30 Minuten einen Miami Whammy. Um 17 Uhr noch zwei Keo und um 18 Uhr die Rechnung zusammen mit einem Wodka-7-Up.

Dann, aus Versehen, ich hatte selbst nicht mehr daran geglaubt, fing ich an zu schreiben.

Ich saß noch immer in diesem Café am Grenzstreifen, als der Muezzin auf der anderen Seite plötzlich mit seinem Gesang anfing und eine Gruppe von Katzen aufschreckte, die um mich herum unter den Tischen lagen. Die Katzen fielen dann ebenfalls in einen anschwellenden Singsang, der, wie es schien, gegen den Muezzin gerichtet war, der sie aus dem Schlaf gerissen hatte. Es war also ein regelrechtes Katzenkonzert, das um mich herum stattfand, schön und schief und irgendwie galaktisch, sodass ich den Kugelschreiber zückte uns schrieb:

Traurige Katzen
Hungrige Katzen
Galaktische Katzen
Geben ein Katzenkonzert

Das ist ein Anfang, dachte ich, so könnte es beginnen, mit einem Katzen-Prolog, Concerto Classico in E-Dur. Ich las mir die Zeilen noch einmal durch und stellte fest, dass ich eigentlich gar nicht wusste, was *Galaktische Katzen* bedeuten sollte. *Galaktische Katzen*, das kam mir auf einmal unpassend vor. Ich strich die Zeile durch und ersetzte sie durch *John-Travolta-Katzen*. Es ging also so:

Traurige Katzen
Hungrige Katzen
John-Travolta-Katzen
Geben ein Katzenkonzert

Die Frage war jetzt natürlich: Was sind John-Travolta-Katzen? Aus meiner Sicht waren hier mehrere Antworten möglich. 1. Katzen, die wie John Travolta aussehen. 2. Katzen, die mit John Travolta in der Seele verwandt sind. 3. Katzen, die John Travolta sind.

20.

Als ich am nächsten Morgen aufwachte, konnte ich den Katzen-Prolog nicht mehr leiden. Ich frühstückte zwei Paracetamol, lief manisch im Studio auf und ab und rief immer wieder: Nein, nein, nein!

Die Katzen verzwergten das Gedicht, machten es lächerlich, sabotierten es auf bösartigste Weise, erst jetzt wurde mir das klar. Gestern dachte ich noch, die Katzen hätten etwas Widersprüchliches, Verspieltes, Rätselhaftes. Gestern dachte ich, da würde etwas Magisches zwischen den Zeilen herausleuchten, wenn diese Katzen wie Boten des Unheils erschienen. Der Muezzin auf der einen Seite, die Katzen auf der anderen, Mensch und Tier, Gott und Natur, die ganze Kosmologie des Seins usw., usf. Aber in Wirklichkeit entzogen die Katzen dem Gedicht seine Magie, machten es klein und unerheblich. Und während ich das dachte, spuckte ich wütend Wassermelonenkerne aus dem Fenster und schaute mir Fotos von John Travolta im Internet an.

Nichts gegen John Travolta, dachte ich. John Travolta werde ich erst mal drin behalten, vielleicht nicht an vorderster Stelle, aber irgendwo anders, im Mittelteil. Doch die Katzen fliegen raus.

Dann beruhigte ich mich wieder. Ich holte mir eine Eiskaffeedose aus dem Gefrierfach, legte mich wieder ins Bett und blätterte durch eine alte Ausgabe der *Cahiers du Cinéma*, die ich in der Schublade des Nachttischs gefunden hatte.

Gerade als ich Truffauts Rezension von Jacques Beckers *Touchez pas au grisbi* las, klingelte mein Handy, und ein Foto von Diamantis erschien auf dem zerkratzen Display. Das Foto zeigte meinen Mitbewohner verschwitzt und unrasiert im grellen Neonröhren-Licht eines Sonnenallee-Falafel-Ladens, nicht gerade vorteilhaft, aber – so dachte ich – neorealistisch.

– Mein lieber Diamantis, sagte ich, rate, was ich gerade in den Fingern habe.

– Die fleischigen Ohrläppchen meiner Cousine Arete?

– Nein, Hombre. Die *Cahiers* vom April '54.

– Aha, und was steht da drin?

– Nichts Spannendes. Truffaut motzt mal wieder rum, dass ihn irgendwas mystifiziert oder nicht mystifiziert, schwer zu sagen.

– Heiliger Jesus von Nazareth.

– Du sagst es.

– Leider habe ich auch keine erfreulichen Nachrichten, sagte Diamantis. Heute Morgen klemmte ein Zettel von unserem Vermieter in der Tür. Der Alte droht damit, uns an die Luft zu setzen, wenn wir nicht die Miete für die letzten fünf Monate zahlen. Fünf Monate? Kann das überhaupt sein? Also, er behauptet, es wären fünf.

– Ja, und? Das interessiert doch niemanden. Wie oft hab ich dir gesagt, dass ich nie wieder ins schreckliche Berlin zurückkommen werde. Und dir würde ich, ehrlich gesagt, das Gleiche raten. Fackel die Bude einfach ab und schwing dich in die nächste Boeing nach Larnaca. Es wird Jahre dauern, bis uns der Alte hier aufspürt. Und by the way: Liefert Zypern überhaupt aus? Hast du nicht diesen Reisepass mit den süßen kyrillischen Buchstaben vorne drauf? Da werden dich deine Landsleute doch kaum einem deutschen Wucherer preisgeben. Sag mir, wann du landest, dann stell ich den Tequila und die Wassermelone kalt.

– Sehr lustig, ich fange morgen als zweiter Regieassistent bei einem Krimi an. Vielleicht kann ich dann schon mal einen Teil abstottern.

– Tu, was du nicht lassen kannst. Mich siehst du jedenfalls nicht wieder in dieser sibirischen Satellitenstadt.

Ja, ja, sagte Diamantis, also bis dann, und dabei hörte ich, wie er mit dem Löffel auf ein hartgekochtes Ei einschlug.

Ich faltete die vergilbte, schon zerbröckelnde *Cahiers du Cinéma* zusammen, legte sie zurück in die Schublade und stellte mich unter die Dusche, wo ich überlegte, was ich gleich frühstücken könnte.

Ich stellte mir vor, wie Diamantis in unserer Küche in der Lilienthalstraße saß und zum Salzen seines Frühstückseis meine hölzernen Gewürzschweine benutzte, statt meine hölzernen Gewürzschweine genau wie alles andere zu verbrennen, so wie ich ihn gebeten hatte.

Diese Gewürzschweine hatte mir Mercedes Czeminski zu meinem 29. Geburtstag geschenkt, und seitdem standen sie im Regal neben dem Kühlschrank und warteten darauf, dass man Salz oder Pfeffer aus ihren Schnauzen schüttete.

Diese Gewürzschweine waren ein typisches Mercedes-Czeminski-Geschenk, fiel mir jetzt auf, und diese Gewürzschweine beschrieben gut, warum ich mich damals in Mercedes Czeminski verliebt hatte. Jemand, der Gewürzschweine verschenkt, hat viel begriffen von der menschlichen Existenz und von den großen Zusammenhängen, dachte ich, während ich unter der Dusche in der Odysseos Street stand. Und dann stellte ich die Dusche wieder ab, holte mein Handy und schrieb Diamantis, er solle die Gewürzschweine auf der Stelle verbrennen.

Diese Gewürzschweine waren das Einzige in unserer Küche, das mir etwas bedeutete. Sonst war alles geklaut und aus sämtlichen Kneipen und Restaurants der Umgebung zusammengerafft. Die Gläser und Teller, das Besteck, die große Pfanne, den Lampenschirm und die Glühbirnen, den Cocktailshaker und die Parmesanreibe, Blumenvasen und seltene Spirituosen, das alles hatten wir abgeräumt, eingesteckt oder im richtigen Moment hinter dem Tresen hervorgeangelt. Ja, sogar die Stühle hatten wir in der *Ankerklause* und in der *Mama Bar* mitgehen lassen. Wir hatten alles abgegriffen, was diese Schankwirte nicht angekettet, angeschraubt oder angeschweißt hatten. Ein schlechtes Gewissen hatten wir deswegen nie. Wenn jemand Longdrinks für 8,50 verkaufte, dann war das Kristallglas im Preis schon mit drin, fanden wir.

Das einzige Selbstgekaufte, das Diamantis in unseren Haushalt miteingebracht hatte, dachte ich jetzt, war ein leistungsstarker Entsafter. Diesen Entsafter schmiss er direkt nach dem Aufstehen an, was je nach Tagesform gegen 8 Uhr morgens, 16 Uhr nachmittags oder auch mal 21 Uhr abends sein konnte, und entsaftete alles, was ihm in die Finger kam – Mandarinen, Limetten, Feldsalat, Kakteen, Brennnesseln, wirklich alles. Diverse Frühstücks- und Übernachtungsgäste sind meine Zeuginnen.

Gestärkt durch diese Nährstoffbomben kam Diamantis sofort in eine überragende Verfassung und begann, an seinen unverfilmten Drehbüchern zu feilen, die in Klemmmappen überall in der Wohnung herumlagen und die er dann auf einer beliebigen Seite aufschlug, um hier und da einen Satz dazuzuschreiben oder durchzustreichen, zwei Seiten miteinander zu tauschen oder plötzlich laut aufzulachen.

Und es gab Tage, da war Diamantis durch seine morgendlichen Entsaftungsorgien so scharf im Kopf, dass er noch am Küchentisch sitzend damit anfing, ein neues Drehbuch zu schreiben, und über Stunden nicht mehr auf Kommunikationsversuche reagierte, bis er abends einen kompletten Spiralblock von oben bis unten vollgekritzelt hatte, aufsprang, sich auf den Bauch klatschte und freudestrahlend durch die Wohnung tigerte, immer wieder *Na? Na? Na?* rief, mir auf die Schulter schlug, zwei oder drei linke Haken andeutete, um mein Bett herumtänzelte und plötzlich mit heiligem Ernst verkündete: Gehen wir einen saufen!

Dann akzeptierte er auch keine Widerworte und hüpfte aufgedreht über die Karl-Marx-Straße, während er mir erzählte, was er den ganzen Tag über geschrieben hatte und dass es diesmal ein todsicherer Hit werden würde. Dieses Drehbuch, sagte Diamantis, würde das Universum in zwei Teile zerschneiden: einen genialen und einen ungenialen. Und dann sagte er noch, dass ab jetzt alles anders werden würde.

Nur leider wurde nie etwas anders, weil Diamantis, wenn er am nächsten Morgen verkatert den Entsafter anschmiss und einen Blick auf sein Werk warf, stets feststellen musste, dass er die eine Hälfte nicht mehr lesen konnte, weil er so schnell geschrieben hatte. Und dass die andere Hälfte, die er noch lesen konnte, doch nicht so genial war, wie er im ersten

Moment angenommen hatte und noch einige Male überarbeitet werden musste.

Und auch die Redaktionen, denen Diamantis seine überarbeiteten Drehbücher schickte, fanden die nie so richtig genial und lehnten es immer ab, diese Drehbücher von ihm verfilmen zu lassen.

Lächerlich, zischte Diamantis dann. Meinst du vielleicht, diese emsigen Bienchen in den Redaktionen kapieren, was Film ist? Würde man das Personal aller deutschen Filmredaktionen mit dem Personal der Allianz-Versicherung austauschen, würde man hinterher die gleichen Filme bekommen: langweilige deutsche Machwerke. Diese Leute wissen überhaupt nicht, was Film bedeutet. Film muss ärgerlich sein, unverständlich, nervig, ungerecht, geschmacklos, unnötig, gemein. Das muss Film sein und sonst gar nichts.

Und kurz darauf arbeitete Diamantis dann trotzdem wieder für diese Filmredaktionen, wenn auch nicht als Regisseur, sondern als Fahrer, Aushilfsbeleuchter oder Second AD, denn irgendwie musste er ja auch Geld verdienen. Von so einem kleinen Job geht die Welt nicht unter, sagte Diamantis dann und klaute im Catering-Truck kistenweise Obst, das er bei uns in der Küche entsaftete und womit er sein Hirn scharf stellte für den nächsten genialen Einfall und das nächste geniale Drehbuch, das das Universum endgültig in zwei Hälften schneiden sollte.

Und während ich mich an all das erinnerte, lief ich noch mit duschnassen Haaren raus auf die Straße, ging durch die Altstadtgassen zum *Halara* und bestellte mir einen riesigen frischgepressten Orangensaft.

– It has to be huge, sagte ich, und zeigte dem Kellner mit den Händen, wie *huge* es sein musste, *this huge*, sagte ich, denn auch ich wollte mich und meine Kunst mit diesem frischgepressten Saft scharf stellen.

21.

Den ganzen Tag lief es fantastisch. Ich dachte überhaupt nicht nach, sondern schrieb, schrieb, schrieb. Die Wörter flogen wie Rasiermesser durch die Luft, und zwar *first class*.

Ich lief vom *Halara* ins *Hurricane* und vom *Hurricane* ins *Haratsi* und nie hörte ich auf zu schreiben. Ich bestellte Unmengen an Freddos, bestellte Erdnüsschen und Brandy Sours, bestellte eiskalte Keos. Gegen Mitternacht hatte ich bestimmt 30 Seiten geschafft und lief zurück in die Odysseos Street.

Am Morgen kühlte ich meine Stirn mit einer Eiskaffeedose und frühstückte eine Ibu-600. Dann raffte ich mich auf. Es war Zeit, die vergangene Nacht auszuwerten.

Wie ein Schneeleopard im Kafig eines heruntergekommenen Ostblockzoos lief ich manisch in meinem Studio auf und ab und las die letzten Seiten, die ich im *Haratsi* geschrieben hatte. Die meisten der Buchstaben waren auf groteske Art deformiert und vom Brandy entstellt, bis sie sich auf der letzten Seite zu einer assyrischen Keilschrift verliefen. Ich hielt die welligen verschmierten Seiten gegen das Licht und versuchte, etwas zu erkennen. Ich identifizierte die Abdrücke diverser Gläser, Zigarettenasche und Spuren von Erdnüssen auf dem Papier, aber was sollten diese Worte bedeuten? Ich spülte eine weitere Ibu-600 mit dem Doseneiskaffe runter und begann, Zeile für Zeile zu rekonstruieren und in ein neues Schreibheft zu übertragen.

Erschöpft vom zweistündigen Entziffern legte ich mich wieder ins Bett und schlief den Rest des Tages.

Am frühen Abend ging ich zurück ins *Halara*, bestellte aber diesmal Mineralwasser und Freddos ohne Zucker. Ich war ernüchtert.

Einfach losschreiben, ohne nachzudenken? War doch vorauszusehen, dass das keine gute Idee war. Erst wenn ich mir über die Struktur im Klaren war, konnte ich inhaltlich arbeiten. Wenn das Korsett erst mal steht, wird der Rest des Gedichts wie ein Uhrwerk runterschnurren, dachte ich.

Ich zückte einen Kugelschreiber und schrieb drei dramaturgische Modelle in mein Notizheft, die ich ausprobieren wollte:

A) Die Sanduhr
B) Der Strudel
C) Der Zauberwald

Dann dachte ich über das Gegensatzpaar *Form und Gefühl* nach, bis ich merkte, dass sich wie automatisch eine Richtung ergab und die Lösung für meine Probleme in der Natur verborgen lag. Ich musste nichts weiter tun, als in natürlichen Strukturen zu suchen. In der Anordnung von Schwämmen in den Meeresschluchten, im Aufbau von Kristallen, im Wurzelwerk der Mangrovenwälder. Das alles war schon da, ich musste es nur noch benutzen.

Stundenlang war ich nicht mehr ansprechbar, so tief hatte ich mich ins Labyrinth dieser Ordnungen verirrt, ausgestattet mit einem 25-Cent-Kugelschreiber und dem Willen zum Wahnsinn.

Mein Stift glitt über das Papier, ich zeichnete große ausufernde Rhizome, alles mit allem verknüpfend. Ja, dachte ich, das ist es, das ist es.

Und im nächsten Moment, dachte ich wieder: Nein, noch radikaler, noch wesentlicher, noch mathematischer.

Wenn es wirklich so etwas wie das 1-Million-Euro-Gedicht gab, musste es von einer logischen Mechanik getragen werden. So logisch, wie die Sonne jeden Morgen am Himmel steht.

Vielleicht, dachte ich, im *Halara* sitzend und am ungezuckerten Freddo nippend, würde das Gedicht nur aus einem Wort bestehen. Vielleicht nur aus einem Buchstaben oder einem Satzzeichen. Ja, dachte ich, ein Punkt. Dieses Gedicht würde nur aus einem Punkt bestehen. Ein Punkt, der wie die Sonne am Himmel steht. Eine unkontrollierbare Gewalt, die in

Form von Schönheit und Energie auf den Planeten niederregnet und die Menschen vergessen lässt, was sie sind: Angehörige einer toxischen, dummen Spezies, uninteressant und unnütz, hineingeworfen in die kosmische Willkür des Alls in einem zufälligen Moment der Zeit.

Dann begann ich rattenhaft in mich hineinzukichern und ließ den Kopf auf die Tischplatte sinken, wo ich ihn eine halbe Stunde liegen ließ. Ich merkte, dass ich kurz davor war, den Verstand zu verlieren.

22.

In der Nacht wälzte ich mich, das dünne Bettlaken zur Seite strampelnd, von links nach rechts und konnte nicht schlafen. Um drei Uhr hatte es noch 22 Grad. Ich stellte den Ventilator auf die höchste Stufe und lief, ein paar Eiswürfel durch meine Finger gleiten lassend, im Zimmer auf und ab. Dabei dachte ich unweigerlich an Mercedes Czeminski und ihre geplatzte Fasanenstraßen-Ausstellung, die den Titel *Air Condition* getragen hätte.

Als ich am nächsten Morgen das Eisfach des Kühlschranks öffnete, um einen neuen Hunderter aus dem Umschlag zu holen, zählte ich die verbliebenen Scheine und kam nur noch auf 21. Den Rest hatte ich in den letzten Tagen für Dampfbäder und Kaltgetränke rausgehauen oder im Wettbüro auf der Faneromenis Street gelassen, wo ich auf die Rennen in Cape Town gesetzt und jedes Mal nur schwermütige Gäule erwischt hatte.

Nur noch 2.100 Euro, dachte ich, und mein 1-Million-Euro-Gedicht war nicht mal ansatzweise fertig. Ich blätterte das dünne, auf mich einen traurigen Eindruck machende Bündel Hundert-Euro-Scheine noch mal durch, bevor ich es ins Gefrierfach zurücklegte. 75 Stück waren es mal gewesen, und jetzt waren es nur noch 21. Das gefiel mir gar nicht. Wenn ich nicht bald ein paar geniale Ideen hatte, würde diese Unternehmung tragisch enden. Und wo könnte ich mich da noch blicken lassen? Nicht mal in Zánka bei Onkel Bernát, dachte ich.

Und ab diesem Zeitpunkt meinte ich es todernst mit dem 1-Million-Euro-Gedicht, das sich in den nächsten Tagen zu einem 1-Million-Euro-Versepos entwickeln sollte. Ich schrieb unaufhörlich und entwickelte eine verbissene, ins Gigantomanische reichende Arbeitswut. Vormittags gegen neun schnappte ich mir im *Hurricane* ein Mandelhörnchen und setzte mich damit ins *Halara*, wo ich bis zum späten Nachmittag durchschrieb. Am frühen Abend wechselte ich rüber ins *Haratsi*, wo ich noch mal acht oder neun Seiten schaffte und mir nebenher ein paar Erdnüsschen in den Rachen warf. Sonst aß ich den ganzen Tag nichts. Essen interessierte mich nicht mehr, genau wie mich die Pferdewetten und Dampfbäder in Nord-Nikosia nicht mehr interessierten. Ich dachte nur daran, wie viel gute Seiten ich am Tag schaffen konnte. Mal waren es 21, 22 oder 25, mal nur 16 oder 17.

Nach einer Woche durchgängigen Schreibens erwachte ich im Morgengrauen derangiert und gerädert. Als ich in den Spiegel sah, entdeckte ich Züge eines Maulwurfs.

Sie hatten begonnen, die Odysseos Street neu zu asphaltieren und standen jetzt mit zwei lärmenden Höllenmaschinen vor meinem Fenster. An Schlaf war überhaupt nicht mehr zu denken. Obwohl ich mir noch einen zweiten, weitaus größeren Ventilator gekauft hatte und beide mit voller Wucht durch das Studio feuerten, wälzte ich mich jede Nacht bis 4 Uhr oder 4:30 Uhr hin und her, bis ich schließlich um 7 Uhr vom Lärm der Straßenarbeiten geweckt wurde.

Zerzaust und mit dicken schwarzen Augenringen saß ich oberkörperfrei am Fenster, nuckelte an einer Eiskaffeedose und beobachtete, wie die Arbeiter völlig unaufgeregt in ihren Maschinen saßen und ja – eigentlich was taten? Eilig hatte es von denen keiner, und bei diesem Tempo würde es noch Wochen dauern, bis sie die gesamte Odysseos Street asphaltiert hatten. Ich bewunderte und hasste sie für diese Lässigkeit. Missgünstig wie ein deutscher Hausmeister belauerte ich die Truppe von der Fensterbank.

Schau, László, sagte ich mir, sind diese Männer nicht genauso Teil der schrecklich schönen Welt? Sind sie vielleicht mehr oder weniger wert als die weißen Krokusse, die im Kaukasus blühen, als der Sturzflug des Habichts, als das Gemurmel der Arbeiterinnen in einer Regenschirmfabrik in Manila? Ist dies nicht Teil des Ganzen? Und ist es nicht das Ganze, über das du schreiben willst? Na also, da hast du es, sagte ich mir, fang an, den Lärm der Baumaschinen zu genießen, auch das ist Musik. Nimm die Energie, die dir hier gegeben wird, und forme sie zu etwas anderem. Und während ich das dachte oder eher zwang, zu denken, hatte sich meine Hand unbewusst in die Eiskaffeedose gekrallt und diese im tuckernden Takt des Asphaltierwalzen-Dieselmotors zusammengedrückt.

Dann holte ich – wie jeden Morgen – ein Mandelhörnchen im *Hurricane* und setzte mich brütend und kritzelnd, unzählige Freddos bestellend an den äußersten Tisch des *Halara*, nur um irgendwann am frühen Abend ins *Haratsi* zu wechseln. Jeden Tag das Gleiche – immer *Hurricane*, *Halara*, *Haratsi* und jeden Morgen ab 7 Uhr die Bauarbeiten in der Odysseos Street.

23.

Die Nachricht von Madame Voulgaris, wann ich die nächste Miete bezahlen wolle, ignorierte ich. Außerdem beschloss ich, den geöffneten Kühlschrank direkt neben das Bett zu stellen, wenn ich schlief.

Ich wusste, das waren die entscheidenden Tage. Alles war möglich, Sieg oder Niederlage, die totale Demütigung oder der totale Triumph.

Wohlwollend hatte ich wahrgenommen, dass sich die Bauarbeiter zehn oder zwanzig Meter die Straße hochgearbeitet hatten und mich nicht mehr mit unmittelbarer Direktheit, sondern nur noch von Weitem und mit Verzögerung aus dem Schlaf holten.

Um neun saß ich – wie jeden Morgen – wieder im *Halara* und begann mit dem täglichen Schreibprogramm. Ich begann weit ausholend, babylonisch, panoramaesk, mit Chaos und Kosmos, Raum und Zeit, Unsternen und Unwettern und stieß dann hinab in die Seele der Menschen, beschrieb Angst und Eifersucht, Gier und Hass, die ganze grelle Palette, alle Gefühle, die existieren, immer und immer wieder.

Ich zog die Blende größer und kleiner, wurde böse und frech, leise und zart, fing dokumentarisch an und kippte in wüste Fantasien ab, dachte, nein, nein, am Beispiel, am Beispiel bleiben.

Am Nachmittag wechselten sich Frustrationen und Freddos ab. Ich schrieb und schrieb und nagte im Koffeinrausch zwei oder drei Kugelschreiber durch. Wenn mein hohler Blick alle zwei oder drei Stunden beim Händewaschen in den Toilettenspiegel fiel, erkannte ich mich selbst nicht wieder. Ich dachte nur an die nächste Seite und danach an die übernächste und hatte mich vollkommen in diesem Labyrinth verirrt, bis ich irgendwann gegen sieben, halb acht, als die Sonne schon untergegangen war, und ich im verschmierten Licht der Straßenlaternen kaum noch etwas sehen konnte, aufhörte, weil mir die Hand wehtat und ich den Stift nicht mehr halten konnte.

In diesem Zustand, erschöpft und vollkommen leer, sank ich zurück und las die 25 oder 30 Seiten, die ich an diesem Tag geschafft hatte, noch einmal durch und dachte sofort: Katastrophe, totale Katastrophe, unbrauchbar, komplett unbrauchbar, und strich die Seiten entweder ganz oder teilweise durch, bevor ich das Schreibheft in einem Wutanfall gegen die Tischkante knallte.

In mir, wo es gerade noch gekocht hatte, war alles still.

Aufgeben?, dachte ich, kommt überhaupt nicht infrage. Der Dichter Carassin ist noch lange nicht am

Ende, der Dichter Carassin fängt gerade erst an. Und wenn ich auf der Ledra Street betteln gehen muss, um dieses Versepos zu beenden, dann soll es so sein.

Ich ging rüber ins *Haritsti*, um mir einen Brandy Sour zu bestellen und diesen Beschluss zu begießen. Und bestellte dann noch einen zweiten, den ich ebenfalls in Rekordzeit hinunterstürzte, und trank den dritten etwas langsamer, aber immer noch zügig.

Und währenddessen machte ich mir schon Gedankenskizzen für den morgigen Tag, plante den nächsten Angriff auf die Literatur, diesmal noch wilder, noch schärfer, noch größenwahnsinniger, war wieder obenauf, dachte, jawohl, so wird's gemacht, und federte für Brandy Sour Nr. 4 zur Bar, superbeschwingt und zu 100 Prozent überzeugt, dass morgen der Durchbruch gelingen würde.

Ich zog einen neuen Hundert-Euro-Schein aus der Tasche und wollte gerade bestellen, als mich Stavros, durchdrungen von seiner heiligen Easyness, anschaute und sagte:

– Kennt ihr euch eigentlich?

– Wer?

– Du und Tigris Lawrence.

– Wer ist Tigris Lawrence?

Der Barmann deutete mit einer Kopfbewegung ans Ende des Tresens, wo eine Frau mit Sommersprossen und braunen Korkenzieherlocken stand.

– Nein, glaube nicht, sagte ich, dachte aber: Heiliger Jesus von Nazareth.

Anscheinend hatte ich sie angestarrt, denn sie drehte sich rüber und sagte: Was? Und ich sagte: Nichts, alles in Ordnung.

Dabei war überhaupt nichts in Ordnung, alles war dahin. Mein Angriff auf die Literatur, meine Pläne für morgen, abgesagt. Die Luft war wie aus Styropor, 1.000 Grad heiß.

Ist ja lächerlich, dachte ich. Auf der einen Seite lächerlich, auf der anderen Seite logisch. Und während ich mich wieder zu ihr drehte, sagte ich:

– Also, das geht nicht.

– Was geht nicht?

– Das mit uns, *das* hier, das geht nicht. Ich muss mich voll und ganz auf meine Poesie konzentrieren. Poesie ist das Einzige, was mich interessiert, für was anderes habe ich keine Zeit.

– Von was redest du?, sagte Tigris Lawrence, die Chewing-Gum kaute und mich böse anschaute mit ihren geschwungenen Augenbrauen.

Vielleicht ist es das Beste, erst mal zwei Drinks zu bestellen, dachte ich, und hielt zwei Finger nach oben, die Stavros' Blick trafen.

Und weil Stavros zu ahnen schien, was gerade auf dem Spiel stand, begann er sofort, Minzblätter abzuzupfen und Zitronenscheiben zu vierteln und stellte uns zwei randvoll eingeschenkte Brandy Sours hin.

– Also, sagte ich, ich würde mich jetzt sehr gerne unterhalten, stundenlang, aber das geht leider nicht.

Ich fürchte nämlich, das würde in die ganz falsche Richtung führen.

– Okay, sagte sie, ich geh mal eine rauchen.

Ich schaute ihr hinterher, wie sie ins Freie ging, hoch aufgeschossen, olympisch, den Blick streng im Stil einer andalusischen Äbtissin, eine Zigarette zwischen den Lippen.

– Du verstehst nicht, rief ich verzweifelt, während ich ihr hinterherlief. Mit uns kann nichts laufen! Ich bin hier, um das 1-Million-Euro-Gedicht zu schreiben. Dafür brauche ich Ruhe und Konzentration. Dafür brauche ich Einsamkeit und Schwermut und einen Funken Hoffnung. Dafür brauche ich das Unglück.

24.

Zwei Stunden später knutschten wir im Aufzug herum. Wir flipperten von der einen Seite zur anderen, rollten uns seitwärts an der Wand des Hotelflurs entlang, die Hände an allen möglichen Reißverschlüssen und Hosentaschen herummachend, bissen uns in die Hälse und torkelten, rückwärts laufend, Schuhe abstreifend, die Pfoten nicht voneinander lassend in das Hotelzimmer. Dann sprangen wir unter die Dusche, um wieder einen klaren Kopf zu bekommen und um weiter rumzuknutschen, und warfen uns aufs Bett, wo Tigris Lawrence meinen Schwanz packte, den sie wie einen Propeller herumschleuderte und auf das Bettlaken knallte. Und dann trieben wir es wie die Durchgeknallten, schossen unsichtbare Elektroschocks in alle Ecken des Raums und schliefen irgendwann ein, nur um wieder aufzuwachen und es noch mal zu tun, bis um sieben Tigris' Wecker klingelte.

Ich rutschte dann noch mal unter die Bettdecke und spielte Rachmaninows Klavierkonzert Nr. 3 mit der Zunge nach, bis Tigris so laut schrie, dass jemand an die Tür klopfte und wir *Fuck off* riefen und alle möglichen Kissen und Fernbedienungen dagegen warfen. Und dann musste Tigris auch schon los zu ihrem Business-Meeting und setzte mich vor die Tür, und ich lief zurück zur Odysseos Street, obwohl ich überhaupt nicht mehr laufen konnte.

Wow, dachte ich, so ist das also. Und legte mich in meinem Studio noch mal ins Bett. Nur für ein paar Minuten, dachte ich, nur um kurz die Augen zuzumachen, und schlief auf der Stelle ein, weil ich so k. o. und überwältigt war.

Und als ich sechs oder sieben Stunden später wieder aufwachte, rief ich sofort im Hotel an, weil ich während des ganzen Rumwälzens und Rumbeißens komplett vergessen hatte, mir Tigris Lawrence' Nummer ins Handy zu tippen, und sagte: Mrs. Lawrence's Room, please. Und rief da ungefähr fünf- oder sechsmal an, bis sie am späten Nachmittag endlich ranging.

– Weißt du was, sagte ich, wir sollten heute Abend unbedingt einen Happen essen gehen.

– Ach ja, ich dachte, du wärst mit deinen Gedichten beschäftigt?

– Ach, Gedichte, rief ich, wen interessiert das schon! Ich hab Hunger nach was Neuem, nach zwei oder drei Kubikmetern warmer Abendluft und einem Teller mit Oliven und Weinblättern und Tahini und ein paar Karaffen Weißwein und Bouzouki-Gezupfe und Backgammon-Würfel-Geklappere und dem Geschrei nerviger zyprischer Kinder, die zwischen den Stühlen hin und her rennen. Also was ist?

Kommst du mit? Weil alles andere würde mich sehr unglücklich machen, und es gibt schon genug Unglück auf der Welt, mehr Unglück kann die Welt nicht vertragen.

Sie sagte: Alles klar. Und ich legte auf und hüpfte im Zimmer herum, weil ich so aufgedreht und zugedreht und alles auf einmal war. Und dachte kurz, ja, genau, das ist es, alle Gefühle, die existieren, das muss ich gleich hinschreiben. Und dachte im nächsten Augenblick, wen interessiert das schon? Alles, was man aufs Papier schreibt, ist kalt und tot und falsch, aber das hier, das ist das richtige Leben, das ist die Wahrheit. Und die besten Gedichte sind die, die man lebt.

Ich stellte mich unter die Dusche und versuchte, mein verknittertes Leinenhemd zu entknittern, und stand Punkt acht vor dem Hotel und lief wie ein aufgeputschter Zoopanther auf und ab, immer wieder auf die Uhr schauend, bis sie plötzlich dastand: rauflustig und raubvogelhaft, die supercoole, Herzen zerschmetternde Tigris Lawrence, die jetzt ihre Korkenzieherlocken zusammengebunden hatte und in einem sandfarbenen Jumpsuit steckte, der so aussah, als würde sie damit gleich in eine F-16 springen, um Bagdad zu bombardieren.

In den nächsten vier oder fünf Stunden quatschten wir dann über alles, also *wirklich alles*, über die Form von Raumschiffen und die Cover von Pop-Alben und die Karriere von Brendan Fraser, und ließen immer neue Teller mit allen möglichen Sachen kommen und bestellten eiskalte Keos und eiskalte Gläser Retsina und sogar ein paar Flaschen Wasser und schütteten das alles in uns rein, als ob wir unendliche Schlünde wären, die kein Ende und keinen Anfang kennen. Und fummelten die ganze Zeit an unseren Armen und Händen herum und rieben die Schienbeine aneinander, bis sich die Leute am Nebentisch beschwerten, und ignorierten die einfach und bestellten noch mehr zu trinken, während mir Tigris Z. Lawrence alles über sich erzählte, ihre Kindheit, ihren zweiten Vornamen, ihre Programmier-Skills, ihre ganze verdammte Story.

Tigris, die eine Softwarefirma hatte, war für ein paar Tage in Nikosia, um hier irgendwas anzuleiern oder einzufädeln, es ging wohl darum, noch einen zweiten Firmensitz aufzumachen, wegen der *taxes* und irgendwelcher EU-Fördermittel. Ganz genau habe ich das nicht verstanden, nur, dass sie hier in Nikosia einen Geschäftspartner hatte – wobei sie, immer wenn sie Geschäftspartner sagte, Anführungszeichen in die Luft malte. Und mit diesem Geschäftspartner habe sie sich vormittags getroffen, um über die *taxes* zu sprechen, wobei sie auch bei *taxes* immer Anführungszeichen malte.

– Taxes?, sagte ich, ich weiß gar nicht, was das sein soll, hab ich noch nie gezahlt.

– Good for you, sagte Tigris und spuckte einen Olivenkern in den Aschenbecher.

– Andererseits, sagte ich, bin ich auch an einem ziemlich dicken Business dran, dicker literarischer Fisch, kann ich dir sagen. Aber weißt du, gerade lass ich es locker angehen, spanne ein bisschen aus, Schreiben ist auch nicht alles, es gibt wichtigere Sachen.

– Und was zum Beispiel?

– Na, *Love*, sagte ich, ist doch klar.

Und dabei war es gut, dass wir die ganze Zeit auf Englisch geredet hatten, denn auf Deutsch hätte sich dieser Satz komplett daneben angehört.

Und genau das sagte ich dann auch, ich sagte, was für eine unmögliche Sprache Deutsch sei. Und erzählte ihr von meinem Lieblingsfilm *Hudson Hawk* und wie sie da die deutsche Synchro verhauen haben.

In der letzten Szene des Films dreht sich nämlich Bruce Willis zu Andie MacDowell und sagt: *Can I ask you something? Will you play Nintendo with me?* Und Andie MacDowell sagt: *I can't think of anyone I'd rather play Nintendo with*. Und das ist es, sagte ich zu Tigris, das ist das Ende des Films. Aber in der deutschen Synchronfassung sagt Bruce Willis etwas völlig anderes. Er sagt an dieser Stelle: *Du, mich quält eine Frage. Wollen wir mal wieder Küssen spielen?* Und sie sagt: *Ich könnte mir keinen Besseren fürs Küssen vorstellen*. Und das weiß ich so genau, weil ich *Hudson Hawk* zwischen 1997 und 2007 circa hundertmal auf VHS in der deutschen Synchro gesehen habe und zwischen 2007 und 2017 hundertmal im Original auf kinox.to.

Und dann wiederholte Tigris den Satz auf Deutsch für mich, mit ihrem absoluten Wahnsinnsakzent, von dem man nicht weiß, wo er herkommt, weil Tigris Lawrence zur Hälfte Jordanierin und zur Hälfte Waliserin ist, aber schon seit Jahren in Odessa lebt. Auf jeden Fall sagte sie: *Woll-en wiiir jetzt Kussen uben?* Und na klar wollte ich.

Dann prellten wir die Zeche und rannten die Gasse hinunter, ließen uns von den Straßenhunden ankläffen, die von unseren hallenden Schritten aus dem Schlaf geschreckt waren, und gingen hinter einem Lastwagen in Deckung.

Mein Herz hämmerte wie eine auf Schnellschuss gestellte Kalaschnikow, als mich Tigris gegen die Wand drückte und so hart küsste, dass ich keine Luft mehr bekam.

Und später, als wir wieder in ihrem Hotelzimmer waren und ich sah, wie sie sich auszog, und das Mondlicht durch die Vorhänge auf ihre Haut fiel, dachte ich, genau das ist es, das ist, was ich seit drei endlos langen Wochen schreiben will, was sich aber auch nicht in 3.000 Wochen schreiben lässt, komplett unmöglich, nicht machbar, und warum auch, wenn ich es gerade erlebe und alle Gefühle, die existieren, selbst fühle. Bei allen Göttern und Geistern, dachte ich, das sind die Sterne und Galaxien, der Traum und die Tiefsee, das ist das Leben.

25.

Als ich am Morgen aufwachte, stand Tigris schon fertig angezogen im Zimmer und klippte sich vor dem Spiegel ihre langen Business-Ohrringe an die Ohrläppchen.

Ich fragte: Sehen wir uns heute Abend? Und sie sagte: Das geht nicht. Ich fliege heute Abend zurück nach Odessa.

Ich wusste gar nicht, was ich darauf sagen sollte. Sagte aber so etwas wie: Ach so, cool.

Dann zog sie ihre Sandalen an, klappte die Sonnenbrille, die bis dahin in ihrem Haar gesteckt hatte, wie das Visier eines Ritterhelms hinunter und gab mir einen Kuss.

Soll sie mir doch gestohlen bleiben, dachte ich. Soll sie doch mit ihren Sommersprossen und *taxes* zurück nach Odessa fliegen.

Traurig und verwirrt trottete ich in mein Studio in der Odysseos Street und dachte: Ja, und? Du hast die Frau vor zwei Tagen kennengelernt, was hast du denn erwartet?

Und gleichzeitig hatte ich Lust, eine Riesenszene zu machen und sie auf der Stelle anzurufen. Ich schaffte es aber, das nicht zu tun, zum Glück, und rief stattdessen Diamantis an, der ausnahmsweise sofort ranging.

– Wie läuft's mit der Kunst?

– Kunst?, sagte ich. Interessiert doch niemanden! Kunst ist durchgespielt. Schnee von gestern.

– Das sind ja starke News, wie kommst du zu der Erkenntnis?

– Den Unterton kannst du dir sparen, rief ich leidend, ich bin am Ende, total verzweifelt, ich habe *sie* getroffen!

– Wen, Mercedes Czeminski?

– Lass die Scherze, doch nicht Mercedes Czeminski, wer soll das überhaupt sein? Nein, *sie* habe ich getroffen. Tigris Lawrence aus Odessa. Sie ist schön und grausam und gnadenlos charmant und deswegen habe ich beschlossen, mich Hals über Kopf in sie zu verlieben.

– Na, ist doch super.

– Nein, ist es nicht, denn heute Abend fliegt sie zurück und traut sich, mir das kühl und ohne Zeichen von Reue ins Gesicht zu sagen!

Diamantis schnaufte schwer und kratzte sich am unrasierten Kinn, und ich hörte, wie im Hintergrund die Choose-your-Fighter-Melodie von *Super Smash Bros.* auf dem N64 lief.

– Also, pass auf, sagte er plötzlich feierlich, wie oft hab ich dir schon gesagt, dass du aufhören sollst, ein monogames Schwein zu sein? Wie oft, Lászlólein? Wie oft? Das bringt nämlich nichts! Da hat keiner was von! Du nicht, sie nicht, ich schon gar nicht!

– Sag mal, hast du überhaupt zugehört, greinte ich, mich auf dem dünnen zyprischen Bettlaken wälzend, den offenen Kühlschrank und die beiden Ventilatoren auf volle Stufe gestellt. Ich bin *ver-liebt* in die Frau! Ich kann an nichts anderes denken! Ich habe gerade die besten 48 Stunden meines Lebens hinter mir, alles klar? Und jetzt fliegt sie einfach davon, ohne dass ihr das leidtut.

– Na, herzlichen Glückwunsch! Diese Tigris hat's verstanden. Die weiß, wie man lebt. Endlich hast du eine getroffen, die den Bogen raus hat. Nicht wie diese mausigen Kunststudentinnen, die du immer in Berlin aufgabelst, die zwar so tun, als wären sie frei, aber insgeheim zu einer Orgel-Version von *Country Roads* in Omas altem Rüschenkleid heiraten wollen.

– Na wunderbar, sagte ich, mir war sofort klar, dass du keine Hilfe sein wirst, Diamantis. Danke für gar nichts! Ach ja, und meinst du, ich höre nicht, dass du gerade auf meinem N64 spielst, anstatt meinen N64 zu verbrennen, worum ich dich inständig gebeten habe.

– Ja, ja, das mache ich ja gleich. Weißt du eigentlich schon, wann du zurückkommst?

– Nie, sagte ich, nie, nie, nie, und legte auf.

Okay, dachte ich, was soll's, ist mir alles egal, ich muss diese Frau wiedersehen. Ich hatte von der ersten Sekunde an gewusst, dass mir Tigris Lawrence das Herz brechen würde. Ich hatte es gewusst und wollte es so.

Hektisch wählte ich ihre Nummer. Noch vor einer Stunde hatte ich mir geschworen, sie nicht anzurufen, egal was passiert. So weit demütigst du dich nicht, hatte ich mir gesagt, wenn sie etwas will, dann wird sie sich melden. Zehn oder elf endlose Sekunden ließ sie es klingeln, dann ging sie ran.

– Also, ich hab mir die Sache überlegt, sagte ich zu Tigris, ich komm mit nach Odessa, was soll ich hier noch? Nikosia ist völlig unmöglich. Unmöglich zum Leben, unmöglich zum Atmen, eine regelrechte Schnapsidee ist es gewesen, hier Gedichte zu schreiben. Dieses Wüstenklima hat mich in drei Wochen mehr ruiniert als das schreckliche Berlin in drei Jahren. Das, was ich jetzt brauche, sind milde Schwarzmeerwinde, die die Härchen auf meinen Unterarmen streicheln. Das, was ich brauche, ist Odessa.

– Ach ja?, sagte Tigris, und wo willst du da wohnen?

– Bei dir, dachte ich. Du brauchst bei deinem Arbeitspensum jemanden, der dir den Haushalt schmeißt. Jemanden, der dir das Fläschchen entkorkt, wenn du nach einem langen Tag nach Hause kommst.

– Du kannst mitkommen, sagte Tigris, unter einer Bedingung.

– Die wäre?

– Dass du mir nicht auf die Nerven gehst.

– Ich?, sagte ich vorwurfsvoll. Was soll das heißen?

– Dass du mir nicht im Weg rumstehst. Dass du nicht sagst: Tu dies, tu das. Keine Eifersuchtsszenen, sonst fliegst du raus.

– Na sicher, sagte ich, für wen hältst du mich? Papst Pius I.?

– Also versprichst du's?

– Was?

– Dass du dir nicht einbildest, ich würde dir gehören.

– Darling, da bist du an der goldrichtigen Adresse. Wie könnte ich mir erlauben, dir vorzuschreiben, wie du zu leben hast? Ich wünsche dir so viele Liebhaber wie Gänseblümchen im Stadtpark. Was für ein Ungeheuer wäre ich, dir das zu verbieten? Ich bin entsetzt, in die Nähe von solch rückschrittlichem Gedankengut gesetzt zu werden. Sehe ich etwa aus wie ein monogames Schwein? Im Gegenteil, *Love* ist meine Antwort. Ich verlange, dass du mir auf der Stelle deine Liebhaber vorstellst, wenn wir in Odessa sind. Dann können wir gemeinsam Cappuccino trinken und uns die Rennen vom Melbourne Cup ansehen.

– Okay, sagte Tigris, versuchen wir es.

– Versuchen wir es!, rief ich mit großer Geste. Sie hat *Versuchen wir es* gesagt! Diese Frau trifft den richtigen Ton, meine Damen und Herren!

Ich sprang auf, zog alle meine Hemden aus dem Schrank und warf sie in die Luft.

– Gut, sagte sie, der Flieger geht um sechs. Schaffst du das?

Sofort begann ich, meine Sachen in die Sporttasche zu stopfen. Mein Florida-Gators-T-Shirt, mein dunkelblaues Leinenhemd, mein fliederfarbenes Leinenhemd, den Umschlag, in dem mal 75 Hundert-Euro-Scheine gewesen waren, die Agassi-Shorts, meine italienische Reisezahnbürste. All das stopfte ich in 30 Sekunden in meine Sporttasche, schaute mich noch mal um, ob ich etwas vergessen hatte, und rannte raus auf die Odysseos Street.

Nur die zehn linierten, mit 1-Million-Euro-Gedichten vollgeschriebenen Notizhefte ließ ich auf dem Nachttisch liegen. Es hätte für mich keinen Sinn gehabt, sie mitzunehmen. Ich wusste, ich würde sie nicht mehr brauchen.

26.

Odessa!, dachte ich, als wir vom Flughafen in die Stadt fuhren. Großartig! Endlich eine Stadt, in der man sich besaufen kann. Alles war noch so, wie ich es in Erinnerung hatte. Flirrend und kaputt und goldrichtig.

– Ich bin ja schon ein- oder zweimal hier gewesen, sagte ich zu Tigris, und auch da hab ich gedacht, dass das Qualität hat. Aber dass es so eine Spitzenqualität hat, hatte ich ganz vergessen.

Tigris wohnte in der Pastera-Straße in einer Angeber-Wohnung mit Dachterrasse, von der man über den ganzen Hafen schauen konnte. Überall standen Teakmöbel und Zimmerpalmen, im Flur hingen Sugimoto-Fotografien aus der Diorama-Serie, *Die Springböcke* und *Die Hyänen*, im Wohnzimmer gab es ein Terrarium und schräg gegenüber ein gut ausgestattetes Schnapsschränkchen.

– Na bitte, sagte ich, jetzt fängt das Leben an, und schenkte mir einen Milano-Torino ein.

Ich schlenderte mit dem Kristallglas über den Dielenboden und bekam sofort ein Morgenmantel-Feeling. Wo bekomme ich jetzt einen seidenen Morgenmantel her?, dachte ich, und klopfte mit dem Finger an die Scheibe des Terrariums. Die beiden Leguane verzogen keine Miene.

– Wie heißen die Freunde?, fragte ich.

– Der Kleine heißt Maxim und der Große Dr. No.

– Hi, Amigos, sagte ich, wie geht's?

– Willst du ihnen ein paar Grasshoppers auftauen?

– Grasshoppers? Klingt ja unzivilisiert. Kann man die nicht auch vegetarisch ernähren?

– Ich fürchte, das stößt auf wenig Begeisterung.

– So, so, sagte ich und klopfte noch mal an die Scheibe des Terrariums. Also auf die primitive Schiene fahrt ihr ab? Fressen und gefressen werden, das ist es, was ihr wollt? Auf solch reaktionäre Weise wollt ihr euer Leben gestalten?

Ich dagegen wollte mein Leben ab jetzt ganz anders gestalten. Großherzig und flamboyant und maximal. Und genau das tat ich dann auch.

Für das Wochenende mieteten wir einen Lancia, mit dem wir durch die blitzgeraden Straßen schossen, die genau wie die Straßen von Los Angeles oder Buenos Aires schachbrettmusterhaft angeordnet sind, weil es sich bei Odessa und Los Angeles und Buenos Aires um herbeifantastierte Sonnenstädte handelt, dachte ich.

Wir bestellten Moules frites und gegrillte Rapanas, wir schikanierten die Kellner und gaben Trinkgeld, als wären wir das ägyptische Königspaar. Die Stunden verglühten grell wie Sternenschauer.

An Samstagnachmittag verließen wir die Stadt und fuhren raus nach Arcadia an den Strand, wo wir das Verdeck hochklappten und Frizzantino tranken. Irgendwann merkten wir, dass wir nicht mehr mit den Reifen aus dem Sand kamen, weshalb wir den Lancia stehen ließen und mit dem Taxi zurück nach Odessa fuhren.

Und dort ging es immer weiter. Weiter ins nächste Taxi, rein in die nächste Bar, hinab in den nächsten Strudel.

Tigris liebte es, Taxi zu fahren. Taxifahren war wichtig für sie, besonders wenn es nur für fünf Minuten war. Je kürzer die Strecke, desto besser, das drückte ihr Lebensgefühl aus, das Seht-her-ich-bin-mit-dem-Taxi-gekommen-Gefühl. Und Tigris liebte es, in Bars rein- und wieder rauszuflattern. Schnell ein Glas am Tresen und sofort weiter zur nächsten Theke, zur nächsten Kaschemme, zum nächsten hochglanzpolierten Ausschank.

Und da trafen wir alle möglichen Leute und gingen mit denen in die nächste Bar oder auf die nächste Party oder zu irgendwem nach Hause, weil da irgendwelche interessanten Pillen oder interessanten Bücher waren, die wie uns unbedingt anschauen sollten.

Und bei dieser Gelegenheit stellte mir Tigris all ihre Freunde vor: niederländische Performance-Künstlerinnen, finnische Nichtsnutze, portugiesische

Perverse, freiberufliche Lichtdesignerinnen, polnische Erben, kleinkriminelle Fluglotsen, Escort-Boys, neureiche Poker-Kids, zukünftige und ehemalige Justiz-Insassen, Millionärssöhnchen und Methadon-Bezieher sowie Mitja und Mantas, die Mitinhaber ihrer Firma waren.

Mitja war groß, sah irgendwie schlapp aus, vom Typ Dachs, hatte aber irgendwas, das musste ich zugeben. Mantas war klein und strahlte Ärger aus, auch das fand ich gut. Nur seine Freundin Ksenia, die bei einer PR-Agentur arbeitete und mit allen Wässerchen gewaschen war, fand ich daneben.

Alle trugen dieselben Frisuren, so als würde das Jahr 2002 gleich wieder um die Ecke kommen. Und auch die Gesprächsthemen unterschieden sich kaum von den Kunst-Partys, auf die mich Mercedes Czeminski immer geschleift hatte:

Mitja hasste *Hedgehog in the Fog*, Mantas vergötterte *Hedgehog in the Fog*. Dann zankten sie über *Sans Soleil*, da verhielt es sich genau andersrum. Irina verkündete mit finsterer Miene den Zusammenbruch des kapitalistischen Systems. Keke, der sich als Feminist gab, pitchte Mitja seine Idee für eine matriarchale Operette. Gustavo machte Alina schöne Augen, die wiederum verzweifelt versuchte, Mantas' Aufmerksamkeit zu erhaschen. Und dann gab es noch Savelev, der ein lieber Typ war, aber kein Wort Englisch verstand und zu allem nur *okay* sagte.

Irgendwann im Morgengrauen landeten wir dann mit Ksenia und Mantas am Lanzheron Beach, tranken Bier aus Plastikbechern und pissten das Bier später ins Meer. Ksenia knutschte mit Tigris herum und ich mit Mantas, und irgendwann tauschten wir, so genau kann ich mich nicht mehr erinnern.

In meinem Gehirn knisterte und prasselte es wie verrückt. Grelle unbuchstabierbare Gedanken schossen vorbei. Und spätestens da habe ich völlig die Kontrolle verloren. Spätestens da wusste ich überhaupt nicht mehr, wo ich war und was das alles sollte. Aber das war mir echt egal. Denn ich war mit Tigris Lawrence in Odessa, und das war alles, was ich wollte.

27.

Nach diesem ersten Wochenende war es aber erst mal vorbei mit dem Um-die-Häuser-ziehen, denn Tigris musste sich um ihr Business kümmern. Wir schliefen morgens bis acht oder neun, dann begann das Telefon in immer kürzer werdenden Intervallen zu läuten, bis Tigris irgendwann ranging und noch in der Badewanne oder beim Frühstück mit irgendwelchen Kunden quatschte und dann ins Büro fuhr, um da weiter an ihren *Software Solutions* zu arbeiten.

Sie erledigte diesen Job auf die Tigris-Art, anders ging es nicht. Wie ein Kolibri musste sie durch Odessa schwirren und irgendwen treffen und irgendwas einfädeln und bloß nicht ans nächste Jahr denken und auch nichts ans letzte. Immer auf dem Sprung, das war ihr Ding, und das zog sie durch.

Und auch ich zog mein Ding durch. Sobald Tigris morgens weg war, legte ich mich in die Wanne und las Gaston-Hefte oder alte Ausgaben von *The Walrus*, die auf einem Stapel im Badezimmer lagen. Dann presste ich mir eine Grapefruit aus und legte mich mit meinem Morgenmantel, den ich im Europa-Einkaufszentrum erstanden hatte, aufs Sofa, wo ich irgendwelche DVDs schaute, *Die Ausgebufften* oder *Verliebt in scharfe Kurven*.

Alles war egal geworden: Breaking News, Wochentage, Ambitionen, Kunst, Geld, das interessierte mich nicht mehr.

Die Stunden flossen dahin, und kaum hatte ich etwas gegessen, dachte ich schon über die nächste Mahlzeit nach. Also gut, dachte ich, zum Mittag gab es Capellini, wie wäre es nun mit Feldsalat? Wenn es allerdings heute Feldsalat gibt, müsste man morgen zu Risotto wechseln, der Abwechslung halber. Aber was gibt es dann zu trinken?

Es dauerte nur ein paar Tage, und ich war zu Hause in der Pastera-Straße. Dass man irgendwo zu Hause ist, merkt man daran, dass man weiß, wo die Lichtschalter sind. Man muss nicht mehr hinschauen, man weiß es einfach.

Ab und zu lief ich zum nächsten Zeitschriftenkiosk und bestellte mir auf dem Rückweg ein Borjomi, während ich durch die *Racing Post* blätterte. In der *Fakultät Bar* wurde das Borjomi mit wahnsinnig viel Eis und wahnsinnig viel Zitrone im Kristallglas serviert, das fand ich schon echt anständig.

Ansonsten rauchte ich Pfefferminzjoints und blätterte durch die Bücher, die bei Tigris rumstanden. Zum Beispiel versuchte ich, *Bouvard et Pécuchet* im Original zu lesen, was aber nicht so gut klappte, weil ich kaum Französisch kann und so ungefähr jedes Wort nachschlagen musste.

Auf jeden Fall habe ich ab irgendeinem Zeitpunkt einfach etwas freier übersetzt. Also im Prinzip so, wie ich mir die Geschichte selbst vorgestellt habe. Ich hab mir einfach vorgestellt, was da stehen könnte, und ein paar Wörter habe ich ja immer wieder verstanden. Den Rest habe ich einfach dazuerfunden.

Und dann ist erst mal ein paar Tage gar nichts passiert. Ich kann mich nicht mehr im Detail erinnern, aber ich glaube, am nächsten Donnerstag und Freitag und Samstag ist wirklich überhaupt nichts passiert.

Und ich glaube, auch am nächsten Montag, Dienstag und Mittwoch ist nichts vorgefallen. Ich glaube, am nächsten Montag, Dienstag und Mittwoch habe ich nur wahnsinnig entspannt auf dem Sofa gelegen oder bin auch mal wahnsinnig entspannt durch die Wohnung gelaufen, um irgendein Aufladekabel zu holen, und habe darauf gewartet, dass Tigris abends nach Hause kommt.

Nichts tun, nichts wollen, das Leben durch sich hindurchfließen lassen wie ein Gebirgsbächlein, dachte ich, während ich in der Wanne lag und den *Corriere dello Sport* las, den ich endlich am Bahnhofskiosk ergattert hatte.

– Sag mal, wird's dir nie langweilig?, fragte Tigris, während sie nackt auf dem Sofa lag und ich auf ihrer linken Pobacke ein Glas Rotwein balancierte. Willst du wirklich nie mehr Gedichte schreiben?

– Nein, sagte ich, nie mehr. Ich werde mich von nun an vollumfänglich auf das Führen des Haushalts konzentrieren. Auf getrennte Konten lege ich keinen Wert, kleine Geschenke nehme ich gerne an. Ich werde staubsaugen und wischen und köstliche Gratins auf Ober-/Unterhitze zubereiten. Du wirst Geld und Schönheit in die Beziehung bringen und ich Wärme und gut kuratierte DVD-Abende. Wir werden so unfassbar glücklich sein, dass wir uns erschrocken an die Stirn fassen. Vor uns liegen die besten Jahre unseres Lebens, Darling.

Dann holte mir Tigris mit ihren knallrot lackierten Fingernägeln auf dem Designer-Sofa einen runter, während im Hintergrund das Bonusmaterial der *Accattone*-DVD lief.

– Wo hast du das gelernt?, fragte ich, als ich kam. Auf der Technischen Universität? Das setzt mich jetzt unter Druck.

Ich kniete mich vor das Sofa, wo ich meinen Kopf zwischen ihren Schenkeln verschwinden ließ.

– So?, sagte ich. So, so, so?

– Don't talk, sagte Tigris und zündete sich ihren angerauchten Pfefferminzjoint wieder an.

28.

Am nächsten Morgen schrieb ich Diamantis eine Nachricht. Diamantis, schrieb ich, wenn du an Gott glaubst, an die Farbe Rot, an köstliche Paprikapfannen, an die Filme von Pasolini, dann hast du echt keine Ahnung. Denn wie willst du erspüren, was es bedeutet, ein Mensch zu sein, wenn du nie in Odessa gelebt hast?

Du wirst es hier lieben, schrieb ich, alles ist abgegriffen und traurig und elegant und total vermurkst. Das ist genau dein Stil! Es gibt hier Kopfsteinpflaster und Krimskramsläden und große eisgekühlte Biere und 200-jährige Babuschkas, die am Straßenrand irgendwas verkaufen, und Straßenbahnen, die runter zum Strand rattern.

Ja, lieber Diamantis, schrieb ich Diamantis in dieser ausschweifenden Kurznachricht, hier in Odessa herrscht die Grandezza, die du schon immer gesucht hast, diese Stadt ist durchdrungen von Sexappeal, hier wissen sie, was es bedeutet zu leben. Vielleicht kann ich Tigris dazu überreden, dich als Hausmeister anzustellen. Stell dir vor, wie schön unser Leben wäre! Du würdest dich um das Trimmen der Zimmerpalmen und um den Ölstand des Fuhrparks kümmern. Ich würde interessante Mahlzeiten zubereiten und mit der Hausherrin in die Kiste springen.

Oder willst du, dass wir dir eine eigene Internet-Millionärin suchen, der du den Haushalt schmeißt? Wäre dir das lieber? Die Mädchen hier heißen alle Ksenia oder Audrey und sind 1,75 groß, die Jungs sind etwas kleiner, so circa 1,70, und heißen Xavier oder Dimitri. Alle sind wahnsinnig hübsch, auf eine naiv-europäische Art, und man weiß gar nicht, in wen man sich zuerst verlieben soll.

Also, was ist? Wirst du auf der Stelle in den Flieger springen? Vermisst du mich schon? Bist du eifersüchtig auf Tigris? Hast du schon die Koffer gepackt und unsere Wohnung angezündet?

Als ich die Nachricht abgeschickt hatte, steckte ich das Handy ein, und mein Blick fiel auf die abgewetzte Jeans, die ich seit Wochen ununterbrochen trug.

Carassin, sagte ich mir, du bist jetzt in Odessa, der Hauptstadt Europas. Hier kannst du nicht rumlaufen wie im lumpigen Nikosia und im lumpigen Berlin, hier musst du deinen Mitmenschen was bieten.

Ich lief also runter zur Derybasivska, weil ich beschlossen hatte, mir ein paar neue Klamotten zu kaufen. Und nachdem ich in zwei oder drei Klamottenläden rein- und wieder rausgeschlendert war, war für mich die Sache klar: Ich würde mir einen Leinenanzug kaufen, denselben den auch Onkel Bernát trug. Ich wusste nur nicht mehr, ob das ein beiger oder eierschalfarbener Leinenanzug gewesen war. Und nachdem ich ein paar beige und eierschalfarbene Leinenanzüge anprobiert hatte, kaufte ich einen sandfarbenen Leinenanzug, zwei weiße Hemden und die dazu passenden Schuhe für insgesamt 550 Euro.

Während sie die Hose kürzten, wartete ich nebenan im Restaurant und trank zwei Borjomi auf Eis. Ich holte den Wolfsburger Umschlag hervor und zählte die verbliebenen Scheine. Ich besaß jetzt noch 800 Euro. 800 von ehemals 7.500 Euro, und während ich diese läppischen Sparkassen-Euro in der Hand hielt, wurde mir klar, dass ich auch diese Euro loswerden musste.

Ich bestellte mir ein Taxi und fuhr damit zu einem Delikatessenladen, kaufte Crémant und ein Kilo Oliven, fuhr zum Friseur und dann zum nächsten Wettbüro. Es lief gerade eine Übertragung aus Buenos Aires, und ich setze 100 Euro auf einen Außenseiter. Natürlich verlor ich, aber jetzt ging es mir schon besser. Beim nächsten Rennen wettete ich auf den Favoriten und verlor wieder. Das war gut, sogar sehr gut, so konnte es weitergehen. Keinen Gedanken wollte ich mehr an das Wolfsburger Blutgeld verschwenden.

Danach ging ich auf den Rummel im Schewtschenko-Park und kaufte alles, was mir in die Finger kam, Blumen, Lose, Kuscheltiere. Ich fuhr Achterbahn und

Autoscooter, und vom Riesenrad blickte ich auf die glitzernde Stadt hinab. Später lief ich mit einer Tüte Popcorn an der Promenade entlang, wo ich überall neue Freunde fand, 5-Minuten-Freunde, 10-Minuten-Freunde, die ich alle dazu einlud, ein Bier mit mir zu trinken, bis ich irgendwann in der *Rio Bar* landete, wo ich so lange weiter trank, bis auch der letzte verknitterte Hundert-Euro-Schein dran glauben musste.

Um zwei Uhr nachts stolperte ich in meinem Leinenanzug auf dem Kopfsteinpflaster herum und versuchte herauszufinden, ob es noch etwas gab, das offen hatte, wo sich meine letzten Kopeki in ein kleines Schnäpschen verwandeln ließen.

Schließlich landete ich in einer Spelunke, die sich vor mir im Nebel zwischen den Platanen auftat.

Ich legte mein Kleingeld fein säuberlich auf den Tresen und bekam dafür drei Birkenwodka, die ich nacheinander hinunterkippte.

– Gut, dann wäre das geklärt, sagte ich und torkelte ins Freie.

Jetzt, wo ich das ganze Geld los war, fühlte ich mich federleicht.

– Tigris, sagte ich am nächsten Morgen, schon seit Wochen ist es mir nicht mehr so gut gegangen. Ach was, seit Monaten! Dieses Wolfsburger Geld hat mich zu einem Monster deformiert, ohne es zu wissen. All diese Monate war ich auf groteske Art entstellt, weil ich dieses Geld mit mir herumgetragen habe. Hör doch mal, wie rhythmisch mein Herz schlägt: Cha cha cha, cha cha cha! Hörst du es? Und sieh dir meine Haut an! Ist sie nicht schön? Im Gegensatz zu den letzten Monaten, da ist sie grün gewesen, giftgrün, weil diese Hundert-Euro-Scheine, die ich Tag und Nacht herumgetragen habe, auf mich abgefärbt haben. All die Wochen und Monate wurde ich von diesen Hundert-Euro-Scheinen vergiftet! Du weißt gar nicht, wie froh ich bin, dass die Dinger aus dem Haus sind.

– Aha, sagte Tigris, und was ist mit dem auf dem Nachttisch?

Vor Schreck sprang ich auf. Sie hatte Recht. Ich hatte einen der Hunderter als Lesezeichen in *Bouvard et Pécuchet* gesteckt. Sofort ging ich rüber und zog ihn hervor.

– Aufgepasst, sagte ich und schritt triumphierend wie General Garibaldi auf die Dachterrasse. Ich drehte mich noch einmal um, um zu sehen, ob Tigris auch zusah, und zerriss den letzten giftgrünen Hundert-Euro-Schein der Sparkasse Celle-Gifhorn-Wolfsburg in kleine Schnipsel, die ich vom Geländer aus in den Hof rieseln ließ.

– Herzlichen Glückwunsch, sagte Tigris, als ich wieder neben ihr lag, und von was willst du jetzt dein Borjomi bezahlen?

– Na, ich dachte, du leihst mir was? Vielleicht 1.000 Griwna? Ich wollte nachher was fürs Abendessen einkaufen. Hättest du Lust auf Langusten? Lass mich das mal durchrechnen, ja, vielleicht wären 2.000 besser.

Und vielleicht noch 500 Griwna fürs Taxi, rief ich Tigris im Treppenhaus hinterher. Fürs *Ta-Ta-Taxi*, rief ich. Du willst doch nicht, dass dein Schmusekätzchen zu Fuß gehen muss und sich in den Schlaglöchern die Knöchel verstaucht?

29.

Jetzt, wo ich alles hatte und den ganzen Tag tun konnte, was ich wollte, bemerkte ich, dass es gar nicht so einfach war, dieses Glück zu strukturieren.

Also, wie wär's hiermit, dachte ich, und rührte mir einen Espresso Martini zusammen. Mit einem Espresso Martini zum Frühstück kann man bekanntlich wenig falsch machen. Zum Mittagessen trank ich ein Wodka-Borjomi und zur Tea Time einen Cointreau Fizz. So hatte sich schon mal das Problem mit der Struktur gelöst.

Zwischendurch führte ich gehobene Konversation mit der Nachbarin auf der Dachterrasse gegenüber:

– Wie geht's so? Alles paletti, Mrs. Baranowytsch? Finden Sie nicht auch, dass sich *Eugen Onegin* im Mittelteil ganz schön zieht?

Dann räumte ich auf und putzte die Fenster, während ich William Onyeabor hörte und meinen Leinenanzug trug. Abends erwartete ich meine Mäzenin in polarweißen Boxershorts und einer Schale Crémant in der Hand.

Ja, dachte ich, wahrscheinlich war ich noch nie so glücklich. Und genau das sagte ich dann auch Diamantis, als ich ihn anrief, weil er nicht auf meine Nachricht geantwortet hatte.

– Diamantis, sagte ich, ich glaube, ich war noch nie so glücklich. Oft dachte ich schon, ich wär's gewesen. Oft war ich fest überzeugt, glücklich zu sein. Aber das war ich nie, nicht mal ansatzweise, das ist mir jetzt klar geworden. Ich an deiner Stelle würde jedenfalls sofort in die nächste Wizz-Air-Boeing hüpfen und hierher fliegen, damit du auch glücklich werden kannst.

– Das geht nicht, sagte Diamantis, ich muss an meinem Film arbeiten.

– Arbeiten!, rief ich, lächerlich! Schon allein das Wort *Arbeit*, billiges Wallstreet-Gehabe. Nur die Dummen arbeiten! Warum sagt das niemand den 17-Jährigen? Warum sagt ihnen niemand, dass sie nur lieben brauchen und sonst gar nichts. Stell dir vor, was für eine Welt das wäre. Ich jedenfalls werde nichts anderes mehr tun, als in Odessa zu wohnen und Tigris Lawrence zu lieben.

– Glänzende Idee, sagte Diamantis, meinen Segen hast du. Leider schaffe ich es nicht, euch besuchen zu kommen, bevor ich meinen Formel-1-Film gedreht habe.

– *Unseren* Formel-1-Film, korrigierte ich ihn.

– Hab ich dir eigentlich erzählt, dass es neue Szenen gibt?

– Du schreibst ohne mich neue Szenen? Ohne deinen Co-Autor László Carassin pfuscht du am Drehbuch herum?

– Ja, aber das interessiert dich doch gar nicht mehr, das ist doch Arbeit.

– Richtig, sagte ich, interessiert mich auch nicht. Mach den Film alleine, wenn du willst. Aber wieso, frage ich mich, drehst du nicht in Odessa?

– Weil der Film in Berlin spielt.

– Ach komm, das sind doch Details, kann man doch ändern. Glaub mir, hier liegen die Fördergelder auf der Straße. Du musst nur zwei oder drei Formulare ausfüllen, und schon rasselt die Kohle rein für dein sperriges Arthouse-Machwerk.

Und dann erinnerte ich mich wieder, wie wir im Frühling die erste Fassung dieses Drehbuchs geschrieben hatten, in dem scheinbar überhaupt nichts passierte, aber in Wirklichkeit natürlich alles. Ein paar Drogendealer, die so gut aussehen, dass sie auch Models sein könnten, stehen auf dem Dach des Ideal-Hochhauses in Berlin-Gropiusstadt und reden über die Formel 1. Sie reden über den Tod von Ayrton Senna beim Grand Prix von San Marino, und am Ende fliegen ein paar Kampfjets über ihre Köpfe, aber sonst passiert gar nichts. Nur diese sexy Drogendealer auf dem Dach, die nichts als Unterwäsche tragen und darüber reden, wie Ayrton Senna einmal im Jahr 1991 den Grand Prix von Monte-Carlo gewonnen hat und was das für Gefühle in ihnen ausgelöst hat. Und wie das war, als sie ein paar Jahre später im Fernsehen gesehen haben, wie er gestorben ist in dieser Tamburello-Kurve. Darüber reden sie so circa 120 Minuten, und dann kommen zwei *Mirage-Jets* der Schweizer Luftwaffe und zerbomben das Hochhaus.

Natürlich haben wir uns ewig darüber unterhalten, was das eigentlich bedeuten soll, dieses Ende, was da jetzt die Interpretation sein könnte. Und ich glaube, wir wussten es selbst nicht so genau. Aber beim Publikum würde das einiges auslösen, und zwar auf allen Ebenen, meinte Diamantis. Und dass man da nicht so kleinlich sein solle. Und ich sagte: Gut, *du* bist der Regisseur, dann machen wir es so. Ich weiß zwar nicht, wie du die VFX für die *Mirage-Jets* bezahlen willst, aber bitte.

30.

Für zwei oder drei Wochen schnurrte das Leben weiter vor sich hin wie ein Cabrio auf der Georgischen Heerstraße.

Ich ging früh schlafen und stand spät auf. In der Zwischenzeit schaute ich *Seinfeld* und rauchte Pfefferminzjoints auf Tigris' Designersofa. Carassin, sagte ich mir, du weißt, wie man lebt. Hut ab!

Ich war so zufrieden mit allem, dass ich dachte, es würde mich gleich zerreißen vor lauter Zufriedenheit, und auch das Sonnensystem würde es zerreißen und den Raum und die Zeit gleich mit. Aber das ist dann nicht passiert. Denn dann passierte etwas anderes.

Morgens beim Zähneputzen schaute ich auf mein Handy, und da war sie. Eine SMS von Mercedes Czeminski. Ich las die Nachricht dreimal, schmiss das Handy ins Bett, schmiss mich hinterher, machte das Handy wieder an und las die Nachricht noch mal.

Wie geht's dir, László?

Aha, dachte ich, sie will wissen, wie es mir geht. Das interessiert sie also. Ist ja ein Ding. Zwei Monate hat sie nichts von sich hören lassen, und jetzt das.

Ich wälzte mich auf der Matratze und formulierte eine Antwort. Wie's mir geht?, schrieb ich, klasse geht's, ich lebe jetzt in Odessa mit Tigris Lawrence, die ihre Geldscheine offen in der Tasche trägt, weil sie eine Verbrecherbraut ist und weil sie das Konzept eines Geldbeutels ablehnt. Wenn sie bezahlen will, zieht sie einfach einen Schein aus der Tasche, ich weiß gar nicht, warum das nicht alle so machen. Außerdem ist sie jemand, der rund um die Uhr eine Sonnenbrille tragen kann, ohne dass das peinlich aussieht. Bei ihr sieht das richtig aus. Sie ist clever und witzig und fickt wie ein Tropensturm. Wie geht's dir?

Nachdem ich alles noch mal gelesen hatte, schickte ich die Nachricht nicht ab. Das ist doch überhaupt nicht dein Stil, dachte ich. Außerdem stimmte es auch nicht. Tigris und ich hatten seit mindestens zwei Wochen nicht mehr miteinander geschlafen, weil Tigris jeden Tag 18 Stunden im Büro war, um irgendeine Deadline einzuhalten. Und eine Sonnenbrille hatte sie auch schon lange nicht getragen, weil seit Wochen die Sonne nicht durch den Nebel gekommen war. Jetzt, wo ich darüber nachdachte, kam mir Tigris ganzes Verhalten kühl und distanziert vor in letzter Zeit. Wir lebten einfach nebeneinander her.

Nie gab es Krach zwischen uns, nicht mal eine kleine Meinungsverschiedenheit. Irgendwie beunruhigte mich das. Sich nie zu streiten, kam mir verdächtig vor, beinahe ungesund.

Schon am nächsten Morgen versuchte ich, probehalber Streit anzuzetteln.

– Du musst einen Extralöffel in die Marmelade tun, sagte ich beim Frühstück. Wenn du mit dem Messer in die Marmelade gehst, kommen lauter Krümel rein.

– Da sind keine Krümel.

– Und ob da Krümel sind.

– In der Marmelade? Schau doch, da sind keine Krümel.

– Komm mir nicht mit *Da sind keine Krümel.* Woher willst du wissen, dass da keine Krümel sind? Ob man sie sehen kann, spielt keine Rolle. Meinst du vielleicht, ich würde mir die Krümel herbeifantasieren?

Nein, es ging nicht. Es war unmöglich, sich mit Tigris Lawrence zu streiten. Streit interessierte sie nicht. Allgemein fragte ich mich immer öfter, wofür sich Tigris Lawrence überhaupt interessierte. Obwohl ich schon seit vier Wochen bei ihr wohnte, blieb sie in vielen Dingen ein Rätsel für mich.

Wem will sie mit dieser unergründlichen Art eigentlich was beweisen? Und dann dachte ich zum ersten Mal, dass Tigris nicht wie ein Kolibri durch Odessa schwirrte, sondern wie ein Eisvogel. Wie ein ganz gewöhnlicher Eisvogel, dachte ich, nichts weiter.

Ende November ließ sie sich das ganze Wochenende nicht zu Hause blicken. Erst am Montagabend kam sie zur Tür herein und verschwand kommentarlos im Badezimmer. Ich beschloss, so zu tun, als wäre nichts gewesen. Lässig stand ich am Küchentresen und mixte uns zwei Fernet Cola, ohne sie nach ihrer 72-stündigen Abwesenheit zu fragen. Den Gefallen tu ich ihr nicht, dachte ich. Die Szene kann sie sich selber spielen.

Stattdessen versuchte ich die Situation auszunutzen, um meine finanzielle Lage zu verbessern.

– Tigris, sagte ich, ich bräuchte deine Kreditkarte, um eine Eiswürfelmaschine zu bestellen, denn, ganz ehrlich, mit einer Eiswürfelmaschine wäre unser Leben um ein Vielfaches angenehmer. Sei ehrlich, was hältst du von der Idee?

– Super Idee, sagte Tigris.

– Ja, findest du? Vielleicht kaufe ich dann gleich zwei. Dann kann ich eine meinem Onkel Bernát schicken, der kann sich so ein Maschinchen nämlich nicht leisten.

Auch in den nächsten Tagen hatte Tigris wenig Zeit. Oft ging sie schon morgens um sieben ins Büro und kam erst nachts zurück. Hat sie etwa einen anderen?, dachte ich. Oder gleich zwei? Und wenn schon, das ist die Gelegenheit, deinen progressiven Esprit unter Beweis zu stellen.

Am nächsten Morgen knutschte ich an ihrem Hals entlang, um sie zu wecken.

– Tigris, flüsterte ich, erzähl mir von deinen Liebhabern. Erzähl mir, wie viele es sind und wie du es mit ihnen treibst.

Sie stieß meinen Kopf weg und rollte sich aus dem Bett, um zu duschen.

– Wie viele?, rief ich ihr nach.

– Drei Alpaka-Hengste aus Cusco, zwei andalusische Flamencotänzer und die Herrenvolleyballmannschaft des BVL São Paulo, rief sie hinter der angelehnten Badezimmertür hervor.

– Na also, rief ich, geht doch!

Liebst du sie?, fragte ich mich. Ja, ich liebte sie. Liebst du sie trotz allem? Ich versuchte, sie zu lieben. War das nicht das Einfachste der Welt?

Am Freitagabend schauten wir *La Collectionneuse* in einer kleinen Galerie, in der außer uns nur ein paar Intellektuelle mit Rollkragenpullovern herumsaßen.

Auf dem Heimweg redeten wir über unsere Beziehung, und ich sagte zu Tigris: Eifersucht ist im Leben nicht angebracht. Eifersucht, das ist eine ganz arme 19th-Century-Denke, damit will ich nichts zu tun haben.

Dann küssten wir uns und beschlossen, uns einen dritten Leguan zuzulegen. Ich wollte ihn Al Pacino nennen, Tigris bestand auf Robert De Niro.

– Aber nur, wenn er vegetarisch erzogen wird, sagte ich.

– Der Leguan wird nicht vegetarisch erzogen, sagte Tigris. Der Leguan bekommt flambierte Heuschrecken und Wachteln à la cocotte, wenn er das will.

– Aber wir müssen ihm ein pazifistisches Weltbild einimpfen.

– Und was kommt als Nächstes? Soll er vielleicht noch Éric-Rohmer-Filme schauen?

– Keine schlechte Idee, sagte ich. Danach kann ich ihn in einen Kinderwagen setzen und die Promenade entlangschieben.

31.

Als wir schon im Bett lagen, hatte ich einen brillanten Einfall. Komm, sagte ich zu Tigris, wir laden am Sonntag alle deine ehemaligen und momentanen Liebhaber, deine Ex-Freunde und jeden, mit dem du mal was hattest, ein und veranstalten eine Cocktailparty, nach englischer Sitte bereits um 17 Uhr am Nachmittag.

Die Idee dahinter war natürlich, mich als großherziger Salonlöwe aufzuspielen, nur leider klappte das überhaupt nicht.

Zum einen hatte Tigris spontan beschlossen, nicht nur ihre Ex-Lover, sondern halb Odessa einzuladen, zum anderen war ich schon betrunken, als die ersten Gäste eintrafen und ließ meine Gastgeberpflichten schleifen. Anfangs hatte ich noch Nougatpralinées und Pisco Sour serviert, hatte Girlanden um die Zimmerpalmen gewickelt und Ray-Mantilla-Alben aufgelegt, doch dann, nach und nach, geriet ich in eine merkwürdige Stimmung.

Es war einer der ersten nebligen Dezembertage, die die Menschen überall verrückt und unruhig werden lassen, in denen Dummheiten jeder Art sinnvoll und notwendig erscheinen. Ich trug mein Florida-Gators-

T-Shirt unter dem Leinenanzug und lief mit einer Cocktail-Schale durch die Wohnung, drängelte mich zwischen den tanzenden Menschen hindurch, wobei der Margarita aus der Schale schwappte und meine Hand von Mal zu Mal klebriger wurde.

Ich lief herum und schaute allen in die Augen, um zu enträtseln, was dahinter los war, um zu verstehen, was es bedeutete ein Mensch zu sein im *21st Century*.

Manche sahen mich auch an, und manche taten so, als gäbe es mich gar nicht, und manche wurden böse, weil sie es als unhöflich empfanden, so lange angesehen zu werden. Dabei meinte ich es ja nicht böse. Ich war einfach nur betrunken und auch ein bisschen high und wollte ergründen, was für eine seltsame Spezies das ist, der Mensch. Da muss doch irgendwo ein Geheimnis versteckt sein, dachte ich, da muss sich doch was erkennen lassen.

Quer durch die Menge der zur Musik zuckenden Oberkörper und Köpfe beobachtete ich Tigris, die am anderen Ende des Raums stand und mit der Hand eine kleine Geste machte, die ich noch nie bei ihr gesehen hatte. Sie machte eine Kreiselbewegung mit dem Handgelenk und knickte es in einem 90-Grad-Winkel ab. Und auch wenn diese Bewegung nur ein paar Sekunden dauerte, irritierte mich etwas daran. In diesem Moment wurde mir klar, dass ich eigentlich nichts über Tigris Lawrence wusste. Ich wusste nichts von ihren Sehnsüchten und Träumen, ich wusste nicht, an was sie dachte vor dem Einschlafen, ob sie mal eine Zahnspange getragen hatte oder die Zunge zusammenrollen konnte wie eine Halfpipe.

All das wurde mir klar, als ich sie auf der anderen Seite des Raums das Handgelenk kreiseln sah, während sie sich mit Milou unterhielt und in der anderen Hand ein Sektglas hielt.

Und gerade als ich dachte, was für ein Mysterium Tigris Lawrence für mich war und was für ein Mysterium Tigris Lawrence immer für mich sein würde, kam sie auf mich zu, weil sie bemerkt hatte, dass ich sie durch die Menge hindurch beobachtete.

– Alles in Ordnung?

– Ja, sagte ich reflexhaft, alles klar.

– Du siehst traurig aus.

– Ich bin nicht traurig. Ich habe nur nachgedacht.

Und in diesem Moment merkte ich, dass das gerade die ersten Sätze waren, die wir gewechselt hatten, seit die Party begonnen hatte. Ich hatte nicht den Eindruck, dass mich Tigris den Abend über ignoriert hatte, aber jetzt, wo ich darüber nachdachte, kam es mir seltsam vor, dass wir über Stunden aneinander vorbeigedriftet waren wie zwei Planeten auf magnetischen Bahnen, unfähig miteinander zu kollidieren.

Und plötzlich, während ich das dachte, fühlte ich mich vollkommen erschöpft und einsam. Ich hätte auf der Stelle umkippen können und nie wieder aufstehen. Und während ich das dachte und mich kaum bewegen konnte, tanzten neben mir Mantis und Mitja und die anderen zu *She Wolf* von Shakira und rauchten selbstgedrehte Zigarettchen, mit denen sie auf den Dielenboden aschten, und sangen den Text mit, falsch und leicht versetzt, und ließen ihre Haarsträhnen durch die Luft wirbeln, als wären es Rotorblätter.

Und dann, ohne es zu merken, begannen sich meine Füße wieder zu bewegen, zuerst der linke, dann der rechte, und begannen im Takt der Musik zu wippen. Und Mantis kam und legte einen Arm und meine Schulter, und Gustavo gab mir einen Kuss und sagte: Hier, trink. Und ich trank und drehte mich um mich selbst und dann noch mal und noch mal, immer schneller.

32.

Am nächsten Morgen schlich ich mich aus der verwüsteten Wohnung und ging in der Moldavanka spazieren.

Ich hatte Mercedes Czeminski noch immer nicht auf ihre Nachricht geantwortet. Ein paarmal hatte ich es noch versucht, nur um die Sätze dann jedes Mal wieder zu löschen. Seitdem sie mir geschrieben hatte, sah ich überall Mercedes-Czeminski-Frisuren. Und dann wieder jemanden mit Mercedes-Czeminski-Händen. Ich sah Mercedes-Czeminski-Nasen und Mercedes-Czeminski-Ohren.

Am Nachmittag war ich dabei, die leeren Flaschen von der Party wegzuräumen, als Diamantis anrief. Er machte das Casting für den Formel-1-Film und wollte meine Meinung zu verschiedenen Schauspielern wissen. Aber ich hatte schlechte Laune und sagte bei jedem Namen, den er mir nannte, dass es sich dabei um komplette Versager handele. Diamantis merkte sofort, was los war, und hakte nach:

– Sag mal, wie läuft's eigentlich mit deiner Millionärin?

– Super, sie ist nie zu Hause, und wenn sie mal da ist, ignoriert sie mich.

– Und Mercedes Czeminski?

– Ach, an die denke ich kaum noch, log ich. Wieso auch? Ich denke an überhaupt nichts mehr, ich habe überhaupt keine Zeit, um an irgendwas zu denken, weil ich so schrecklich glücklich bin. Da fällt mir ein, ich muss Schluss machen, ich hab noch ein paar Tomaten im Ofen.

– Was gibt's denn?

– Dies und das, wallonische Spezialitäten, sagt dir eh nichts.

– Und ob mir das was sagt. Mit Spezialitäten kenne ich mich aus.

– Ach ja? Ich hatte immer das Gefühl, dein Verständnis von *Cuisine* besteht darin, angetrunken in der Küche herumzutänzeln, irgendwelche Sachen in die Pfanne zu werfen, wahllos Gewürze darüber zu streuen, immer abwechselnd einen Schluck vom Wein nippend, einen in die Soße schüttend, während du die halbe Pfanne schon während des Kochens leer naschst.

– Du hast ja eine Laune heute.

– Und? Ist das etwa verboten?

– László, sagte Diamantis, nachdem wir ein paar Sekunden geschwiegen hatten.

– Ja?, sagte ich, was ist denn?

– Bist du wirklich glücklich? Du klingst irgendwie – ich weiß nicht.

– Ja, sagte ich, du hast Recht, ich weiß es auch nicht. Immer habe ich Sehnsucht nach dem Osten, nach den Masuren und der Bukowina, nach Vilnius und der ukrainischen Riviera, weil mich die westliche Bleie anödet, die Langweile, die Arroganz. Und dann, wenn ich in den Osten fahre, weil ich mir im Osten Weite und Freiheit verspreche, finde ich es schon nach wenigen Wochen schrecklich, denn wohin ich auch komme, stoße ich auf Beschränktheit und Enge. Da wo ich Charme vermutet hatte, ist nur Taubheit, und ich sehne mich nach nichts anderem als Struktur und Galanterie, nach kosmopolitischer Dekadenz und einem Krabbenbrötchen im 6. Stock des KaDeWe.

– Klar, sagte Diamantis, ist ja auch nett da.

– Aber nicht nur das, sagte ich, auch Tigris versteht mich nicht, geschweige denn ich sie. Noch kein einziges Mal haben wir uns gestritten, kannst du dir das vorstellen?

– Was meinst du das?

– Na, sie will einfach nicht, sagte ich, während ich mir die Finger am Ofenblech verbrannte. Gibt's auch nur den kleinsten Konflikt, taucht sie drunter hinweg. Glaub mir, ich hab schon versucht, aus den abstrusesten Gründen Streit anzuzetteln. Alles nur, um endlich ein Gefühl aus ihr rauszukitzeln. Und was passiert? Gar nichts. Statt sich mit mir zu streiten, lässt sie sich das ganze Wochenende nicht blicken. Weißt du, wie zermürbend das ist? Ich bin hier als Lover angetreten, nicht als Eiswürfel.

– Du musst da raffinierter vorgehen, sagte Diamantis. Schon mal was von Psychologie gehört? Also schau, nächstes Wochenende bist du derjenige, der ein paar Tage nicht zu Hause auftaucht, alles klar?

– Und wo soll ich dann hingehen? Klingt total anstrengend.

– Ja, aber das ist wichtig! Du musst das tun, sonst wird sie dich nicht respektieren.

– *Respektieren*? Was ist denn das bitte für eine verquere 20th-Century-Ideologie, sagte ich. Ich dachte, über solche Spielchen sind wir hinweg.

– Ja, schon klar, darüber sind wir hinweg, aber manchmal muss es doch sein. Erst wenn du sie betrügst, kann sie dich lieben, vorher ist sie gar nicht in der Lage dazu.

– Ich will sie aber nicht betrügen.

– Doch, das wirst du.

– Nein, werde ich nicht.

– Es muss aber sein. Weißt du etwa nicht, dass Betrug zur Liebe dazugehört? Hast du nie *Anna Karenina* gelesen?

– *Anna Karenina*? Das ist doch völlig verpfuscht im Mittelteil.

– Glaub mir, danach geht's allen besser. Das Wichtigste ist, dass sie dich dabei erwischt, am besten in flagranti. Hat sie keine beste Freundin, bei der du es versuchen könntest?

– Na ja, überlegte ich, da gibt es Milou, aber die ist zu hübsch, bei der hätte ich keine Chance. Und Alina ist zu loyal, die hat Prinzipien, auch das würde nicht klappen. Und Irina? Besonders gut sieht sie wirklich nicht aus, und ihre moralischen Standards verlaufen auf Höhe des Mariannengrabens. Ja, sagte ich, bei der würde es hinhauen.

– Na also, worauf wartest du noch?

– Nein, ich will nicht. Diese kühle 21st-Century-Masche hängt mir zum Hals raus. Das, was ich will, ist Streit, Romantik, Missverständnisse, Liebesschwüre, Ohrfeigen, Versöhnung, die ganze Palette.

– Die kriegst du aber nur, wenn du dich unmöglich machst. Glaub mir, ich weiß, wovon ich rede.

– Mercedes Czeminski wollte ich auch mal aus purer Absicht betrügen, das hat überhaupt nicht funktioniert. Wir hatten uns wegen irgendwas gestritten, und ich hab einen dramatischen Abgang hingelegt und bin rüber in die *Ankerklause*, um mich zu besaufen. So, und was passiert? Da treffe ich Linda Prohazka, deren Sommersprossen ich schon immer ganz süß fand, und denk mir, alles klar, jetzt werde ich es Mercedes mal zeigen. Bevor ich also bis drei zählen kann, knutschen wir schon in der Ecke herum und fahren mit dem Taxi nach Friedrichshain. Wir kommen in ihre Wohnung und da hängen überall diese Katzenbilder. Überall! Wie soll man bei so was eine Erektion bekommen?

– Ach, verdammt, sagte Diamantis, wieso hast du nicht das Licht ausgemacht?

– Hab ich ja! Aber diese Katzen haben mich trotzdem von überall angeschaut mit ihren glühenden Augen! Als würden sie sagen: Wir wissen, was du im Schilde führst, Carassin. Na, auf jeden Fall ging dann gar nichts mehr, überhaupt nichts, und dann habe ich Linda gesagt, dass ich jetzt besser mal gehe, und Linda hat angefangen zu weinen, weil sie dachte, sie wäre Schuld daran, und das war sie ja auch, schließlich hatte sie diese Katzen-Aquarelle aufgehängt. Hallo, wie irre kann man denn sein? Aber das konnte ich ihr ja nicht sagen. Und dann bin, einfach abgehauen, zuerst aus der schrecklichen Wohnung und dann aus dem schrecklichen Friedrichshain, und bin mit dem Taxi zurück zum Kottbusser Damm gefahren, um mich auf der Stelle mit Mercedes zu versöhnen. Und ich habe mir geschworen, so etwas nie mehr zu machen.

Und dann erinnerte ich mich, wie gut man sich mit Mercedes Czeminski streiten und wieder versöhnen konnte, da war sie wirklich ein Profi.

Mercedes Czeminski versöhnte sich lärmend, vulkanisch, melodramtisch, als hätte sie die Gesten und Tonlagen aller sizilianischen Seifenopern jahrelang studiert.

Ja, dachte ich, man konnte nicht mal mit Mercedes zur U-Bahn gehen, ohne sich mit ihr zu versöhnen, weil wir uns kurz davor noch garantiert gestritten hätten, was der kürzeste Weg zur U-Bahn ist. Immer wenn wir ins Kino gingen, wollte sie einen anderen Film sehen als ich. Kein einziges Mal – und wir sind oft ins Kino gegangen – wollten wir denselben Film sehen. Und wehe, ich habe die Kellnerin bei *Masaniello* eine Sekunde zu lang angeschaut, dann war was los. Sie selbst durfte alle so lange anschauen, wie sie wollte, aber wenn sie es bei mir mitbekam, wurde sie zum Monster. Und gleichzeitig habe ich sie mehr geliebt als irgendwen sonst. In einem Moment hätte ich sie erschießen können und im nächsten von oben bis unten abknutschen, obwohl sie die schrecklichste Person ist, die ich kenne.

Ich dachte an all die schrecklichen Eifersuchtsszenen mit Mercedes Czeminski und dass es schrecklicherweise mit Tigris keine Eifersuchtsszenen gab. Auf dem Friedhof der Gefühle, da bin ich gelandet, dachte ich. Dabei wollte ich genau da nicht hin.

33.

Am nächsten Tag rollte ich mich in meinem Seidenmantel auf dem Sofa umher, las *Paris Match*, und ließ mich mit Frozen Margaritas volllaufen.

Ich hatte mir mit Tigris' Kreditkarte im Internet eine vollautomatisierte Eiswürfelmaschine bestellt, die morgens angeliefert worden war und jetzt in der Küche röhrte.

László, sagte ich mir, wo ist bitte das Problem? Du hast alles, was sich ein Mann wünschen kann. Dir klimpert das Kleingeld in der Tasche, du trägst einen mauvefarbenen Morgenmantel, du lässt dich von einer Frau aushalten, die zu den tollsten Exemplaren der Spezies gehört, dir stehen Jahre voller wohltemperierter Brandy Champarelles in der Abendsonne bevor, was willst du mehr? Hör endlich auf, etwas zu wollen. Das ist ein kleinbürgerlicher Reflex. Reicht es dir vielleicht nicht zu existieren?

Und weil Tigris am nächsten Tag Geburtstag hatte, beschloss ich kurzerhand, ein bescheidenes romantisches Spektakel zu organisieren.

Ich räumte die Wohnung auf und schwebte zu João-Gilberto-Hits über die Dielen, während ich den Staubwedel wie ein Florett führte. Dann kaufte ich

Blumenketten, Kerzen, Kokosnüsse und Ananasse, die ich überall in der Wohnung verteilte, als wäre ich ein überdrehter Südseediktator auf Brautschau.

Zufrieden betrachte ich mein Werk. Gar nicht mal schlecht, dachte ich, aber das reicht noch lange nicht.

Ich nahm 500 Dollar aus Tigris' geheimer Holzschatulle, die sie in der Schreibtischschublade versteckte, und zog noch mal los. Im Blumenladen kaufte ich 39 langstielige Rosen, ging zum Juwelier und kaufte eine Smaragdkette, kaufte zwei teure Flaschen Mescal, kaufte Blutorangen, Austern und Granatäpfel.

Wieder zu Hause arrangierte ich alles, legte João Donatos Hitalbum *The New Sound of Brazil* auf, öffnete die zwei obersten Knöpfe meines Estensi-Hemdes und wartete auf Tigris.

Um 19 Uhr rief sie an und sagte, dass es ein Problem in der Firma gebe, ich solle nicht auf sie warten. Na klar, dachte ich, dabei ist sie in Wirklichkeit bei Mantis oder Gustavo, wem will sie das eigentlich erzählen.

Ich legte mich mit einem Grapefruit Daiquiri und dem Teller Austern in die Badewanne, rief Diamantis an und schilderte ihm die Situation.

– Arme weiße Maus, sagte er. Bestimmt hast du ihr auch ein wahnsinnig tolles Geschenk besorgt?

– Ja, sicher, was denkst du denn. Das Gute ist, dass ich mir das jetzt selbst schenken kann.

Ich kletterte aus der Badewanne und tapste – Schaum und Badewasser über den Dielenboden verteilend – zum Sofatisch, wo ich das kleine beschleifte Kästchen nahm und damit zurück ins Badezimmer lief.

– Diamantis, bist du noch dran?, fragte ich, während ich die Smaragdkette um meinen Hals legte und mich damit im Spiegel betrachtete.

– Klar bin ich noch dran. Meinst du, ich will verpassen, wie du dich pathetisch in der Badewanne betrinkst?

– Diamantis, sagte ich so ernst ich konnte, was denkst du, wo sie heute Abend ihren Geburtstag feiert? Beim schönen Mantis? Oder bei Gustavo Kalarow, der im November sein neues Album veröffentlicht hat? Ist es bei dem vielleicht lustiger? Mixt dieser Mantis vielleicht bessere Daiquiris als ich?

– Aber Maus, niemand mixt bessere Daiquiris als du.

– Ich weiß! Warum sitzt sie dann nicht hier in der Wanne mit einem Teller Austern in der Hand? Warum, frage ich dich. Weil sie gerade mit dem grässlichen Mantis oder dem noch grässlicheren Gustavo in der Badewanne sitzt, deswegen. Dabei bin ich es doch, der sie liebt!

– Na also, da haben wir es, ist das nicht das Wichtigste?

– Ja, aber es nervt mich langsam, dieses ewige Lieben und Nichtzurückgeliebtwerden, mir reicht's. Meinst du vielleicht, sie sagt mal ein nettes Wort zu mir beim Frühstück? Oder wenn sie nachts ins Bett gekrochen kommt? Meinst du, sie hätte schon einmal an meinem Hals geknabbert und geflüstert: Hallo, Dschungelkatze? Natürlich nicht! Selbst lässt sie sich gerne am Hals knabbern und als Dschungelkatze bezeichnen, damit hat sie kein Problem, aber meinst du, sie würde das nur ein einziges Mal zu mir sagen? Sicher nicht! Und wenn ich frage: Wie geht's dir? Bist du glücklich? Dann zuckt sie nur mit den Schultern. Nicht mal streiten kann man sich mit ihr. Und – Hallo? Diamantis?

– Ja?

– Bleib mal kurz dran, ich glaube, ich hab was gehört.

Ich legte das Handy an den Wannenrand und tapste ins Wohnzimmer, weil ich dachte, jemand wäre zur Tür hereingekommen, aber es waren nur die Leguane, die sich durchs Terrarium jagten.

Ich angelte im Schnapsschrank nach der teuren Flasche Mescal, und als ich zurück ins Badezimmer lief, betrachtete ich mich im großen Badezimmerspiegel, nackt wie ich war, Schaum auf den Schultern und die Smaragdkette um den Hals. Porträt des Taugenichts als trauriger Hund, dachte ich, und stieg wieder hinab in die unendlichen Tiefen der Wanne. Als Tigris schließlich um halb eins nach Hause kam, hatte ich die Mescal-Flasche ausgetrunken und die Austern an die Katze der Nachbarn verfüttert.

In desolatem Zustand rollte ich mich zwischen den Rosen auf dem Dielenboden auf und ab und lallte *Happy Birthday*. Um meinen Hals trug ich noch immer die Smaragdkette, die ich Tigris hatte schenken wollen, mir dann aber selbst geschenkt hatte.

Irgendwann blieb ich liegen und starrte zur Decke. Tigris kniete sich zu mir.

– Was ist los, László?

– Ich weiß auch nicht, ich bin einfach –

– Was?, fragte Tigris.

– Ich bin unglücklich.

– Unglücklich bist du? Das ist ja das Allerneuste. Ich kann mich an keine Sekunde mit dir erinnern, in der du nicht unglücklich gewesen wärst.

34.

Inzwischen war es Mitte Dezember. Tagsüber lag Nebel über der Bucht, und nachts fielen die Temperaturen unter Null. Ich trottete gegen den Wind am Hafen entlang, in mir spielte ein düsteres Orchester voller verkrachter Virtuosen.

Ich musste mir eingestehen: Ich war als Lover gescheitert, genau wie zuvor als Kapitalist und als Ruheständler. Auch der Haushalt war ein Desaster. Im Wäschekorb stapelten sich die schmutzigen Laken, das Waschbecken sah aus, als hätte sich Jackson Pollock gerade die Zähne geputzt. Ich hatte die einst schicke Wohnung innerhalb weniger Wochen in eine Schnapshöhle heruntergewirtschaftet.

Ich balancierte mit hochgeschlagenem Kragen an der Kante des Hafenbeckens entlang. Das ist also dein Leben, László Carassin. Das ist, was du dir ausgesucht hast. Und jetzt? Soll das so weitergehen bis in alle Ewigkeit?

Sei ehrlich, dachte ich, Tigris Lawrence bist du egal. Wenn du jetzt ins Wasser springen würdest, sie würde es nicht mal merken.

Alles fühlte sich gebraucht an, als führte ich ein Second-Hand-Dasein. Jeden Schritt, den ich machte, hatte schon ein anderer gemacht, jeden Gedanken schon ein anderer gedacht. War ich in Tigris verliebt? Ja, wahrscheinlich, genau wie zehn andere in Tigris verliebt waren, wenn sie morgens mit dem Fahrrad die Straße hinunterfuhr. Alles war Zufall, reine Mathematik. Es war besser, sich nichts einzubilden. Ich war nur einer von Milliarden auf dem Planeten und der Planet nur einer von Milliarden im Universum. Würde ich jetzt ins Hafenbecken springen, würde es niemanden interessieren. Alle wären verpflichtet weiterzumachen, verpflichtet, zu essen und zu trinken und schon bald wieder glücklich zu sein.

Und dann dachte ich mal wieder an Mercedes Czeminski und daran, dass man so gut mit ihr streiten konnte. Was für legendäre Streits, dachte ich. Jeden einzelnen davon hätte man ins Louvre hängen können. Jeden Tag haben wir gestritten, wirklich jeden. Absolut großartig!

Und während ich das dachte und die Promenade hoch zum Lanzheron Beach lief, kam ich durch eine Seitenstraße am Lermontow-Sanatorium vorbei, das ich schon ein paarmal von außen betrachtet, aber nie betreten hatte.

Für ein paar Momente stand ich unschlüssig vor dem offenen Tor. Das wird kein Zufall sein, dachte ich, und passierte den großen gusseisernen Bogen. Ich lief einen der Schotterwege entlang, die durch den Garten führen und setzte mich auf eine vom Seewind zernagte Bank.

Da saß ich also und dachte für ein paar Minuten an gar nichts. Und auf einmal wurde es ganz still in mir drin. Ich wurde ganz still und zart und klar.

Ich saß auf dieser Bank im Park des Lermontow-Sanatoriums und musste an so vieles denken. Meine Gedanken schweiften umher wie Zeitreisende, und ich erinnerte mich an einen Nachmittag, an dem das Licht genauso flimmerte wie jetzt. Ich konnte ganz genau sagen, wie die Farbe des Lichts gewesen war, das an diesem Nachmittag vor zwanzig Jahren in den Hafen von Antwerpen gefallen war.

Und ich erinnerte mich noch an andere Dinge, an erste und letzte Male, an Schmetterbälle und Hartgummibeläge. Ich erinnerte mich, wie das Rasierwasser meines Großvaters gerochen hatte, damals in Estensi. Und an den Geruch von Benzin, wenn wir an der Tankstelle standen mit runtergekurbelten Fenstern.

Ich erinnerte mich an eine besonders schöne Kante, auf der man mit dem Finger hatte entlangfahren können, und wie mir der Rauch einer Zigarette in die Lunge gesunken war. Ich erinnerte mich an einen Trailer, den ich im Kino gesehen hatte, ohne mich an den Film zu erinnern, der danach lief.

Und ich erinnerte mich an diese Szene in *Die Mumie*, in der sich Brendan Fraser umdreht, den Stift aus der Handgranate zieht und sagt: So, jetzt machen wir den Laden dicht. Diesen Moment hatten meine Schwestern und ich immer wahnsinnig toll gefunden.

Und in diesem Moment fiel mir auch wieder das Bahnhofsrestaurant ein, in das wir immer nach der Schule gegangen sind. An diesem Bahnhofsrestaurant stimmte einfach alles, dachte ich, das war der schönste und verehrenswerteste Ort, den man sich vorstellen konnte, mit Mittagsgerichten und Spielautomaten und armen Opas, die da den ganzen Tag nur herumsitzen wollten, weil es bei ihnen zu Hause zu kalt war, und vollgerauchten Zimmerpalmen und einem schweren Eichentresen und Männern mit Zeitung unter dem Arm und Frauen, die aussahen als würden sie einen Schnaps vertragen, und Musik, die jeder kannte.

An dieses Bahnhofsrestaurant dachte ich und dann dachte ich wieder an etwas völlig anderes. An Mercedes Czeminskis Gang dachte ich, wenn sie sich beeilen musste. Und an Mercedes Czeminskis Blick, wenn sie am anderen Ende des Raumes saß und merkte, dass ich sie heimlich beobachtete.

An die unendlichen Nächte im *Tannenbaum* dachte ich, damals als der *Tannenbaum* noch auf der Sonnenallee gewesen ist, und nicht wie jetzt auf der Hermannstraße.

Ich erinnerte mich daran, wie ich ganze Nachmittage am Reuterplatz verbummelt habe und Pfefferminzjoints geraucht mit Mercedes und den anderen, bevor wir dann abends in irgendeine Spätvorstellung im *Sputnik* gegangen sind. Und ich erinnerte mich daran, wie wir aus dem Kino kamen und Mercedes sagte: Nichts machen und nichts wollen und dann wieder alles machen und alles wollen.

Und ich erinnerte mich noch an andere Jahre und Städte, in denen ich glücklich und unglücklich und irgendetwas dazwischen gewesen war. Ich erinnerte mich, wie ich einmal im Frühling durch Toulouse gelaufen bin und dachte: Die Straßen werden von Autos befahren, die Autos von Menschen. Und die Menschen, ja von was?

Und dann musste ich an einen anderen Abend im *Tannenbaum* denken, an dem wir über den Tod geredet haben, denn Diamantis' Urgroßmutter war ein paar Tage vorher gestorben. Wir hingen am Tresen wie melancholische Orang-Utans und tranken pausenlos Duval mit Eiswasser, und irgendwann sagte Diamantis zu mir:

– Ungeheuer, Störenfried, Gott in Jeanshosen. Diese Worte sollen auf meinem Grabstein prangen.

– Also, ein Grabstein, das wär nichts für mich, sagte ich dann. Ich will, dass du meine Asche ins Robbenbecken vom Augsburger Zoo schüttest.

– Was denn nun?, sagte Diamantis, jedes Mal sagst du etwas anderes. Mal soll ich sie zu den Pinguinen schütten, mal zu den Fischottern, jetzt also zu den Robben. Warum nicht gleich zu den Krokodilen, frag ich mich.

– In Augsburg gibt es keine Krokodile.

Und ich erinnerte mich, wie Diamantis ein paar Tage später an meine Tür klopfte und vollkommen aufgewühlt war, weil er gerade ein Buch zu Ende gelesen hatte, ich glaube, es war *El Aleph* von Borges. Und jetzt wollte er, dass ich das auch lese, weil es so todtraurig und toll gewesen ist und weil er sich mit jemandem darüber unterhalten wollte.

Ich wusste aber schon vorher, was da drin stand, weil alle Bücher, die mir Diamantis bisher empfohlen hat, so anfingen: *Neulich in Rio bin ich in eine schräge Sache reingeschlittert.* Wirklich alle Bücher, die mir Diamantis geschenkt hat, fingen so oder so ähnlich an. Immer sitzt jemand in einer Bar in Panama City oder einem Wettbüro in Botafogo und schlittert in irgendeine Sache rein, jedes Mal!

– Diamantis, sagte ich, wenn du dich mit mir über den Tod und die Unendlichkeit unterhalten willst, dann können wir das auch so tun. Dafür brauche ich dieses Buch nicht lesen. Abgesehen davon finde ich, du solltest in Zukunft nur noch Sachen lesen, wo überhaupt nichts passiert. Wo alle zu Hause bleiben und früh ins Bett gehen.

– Du meinst so was wie *Krieg und Frieden*?

– Nein, doch nicht *Krieg und Frieden*! Da bleibt doch keiner zu Hause, das ist das Problem an dem

Buch. Wenn alle zu Hause bleiben würden, wäre das eine schöne kurze Geschichte. Das kann ich dir echt nicht empfehlen. Ich meine so was wie den Ikea-Katalog. Ich finde, das würde dir als Leser guttun, um mal von diesem Schlitter-Genre wegzukommen.

Und dann erinnerte ich mich noch an andere Nächte, in denen Diamantis und ich gehörig geschlittert sind, vom einen Ende der Existenz zum anderen. Zum Beispiel fiel mir jetzt wieder die Nacht ein, in der wir zu *Taco Jesus* nach Poznań gefahren sind und uns völlig unmöglich gemacht haben.

Erst saßen wir ganz lieb in unserer Wohnung in der Lilienthalstraße und haben *Majora's Mask* auf dem Nintendo durchgespielt. Und dann, später, haben wir noch ein paar kleine Pfefferminzjoints gerollt, wirklich ganz kleine, das war absolut notwendig, um dieses Spiel zu verarbeiten. Wir saßen also in der Küche und quatschen über dies und das, bevor ich Diamantis irgendwann vom Restaurant *Taco Jesus* in Poznań erzählt habe, von den zarten Fühlingszwiebelchen, von den feinen Sojamarinaden, von der pikanten Hot Sauce, sodass Diamantis wie von der Tarantel gestochen aufgesprungen war und geschrien hat: Ich muss diese Tacos haben! Ich muss, ich muss!

Manisch war er für 20 Minuten mit wehendem Bademantel im Flur auf und ab gegockelt und hat immer wieder gerufen: Ich muss, Baby, ich muss!, bis ich irgendwann zurückrief: Ist ja gut! Dann lass uns eben ins verdammte Poznań fahren und uns ein paar von diesen Tacos reinfeuern! Ist ja nicht zum Aushalten mit dir, du Nervensäge.

Es war eine dieser schwülen Augustnächte, in denen es auch in Berlin nicht kälter als 20 Grad wird und in denen alles möglich scheint. Diamantis und ich liefen in Badehosen und offenen Hawaii-Hemden raus auf die Lilienthalstraße, um Diamantis' Peugeot 205 zu finden, der dort irgendwo geparkt war. Wir liefen einmal im Uhrzeigersinn um den Südstern herum, um dieses Auto zu finden, das eigentlich überhaupt nicht zu übersehen ist, weil es so himmelschreiend lila ist und mit Aufklebern beklebt und vorne und hinten angeschrammt und eingedellt, und noch nie in einer Waschanlage war. Und gerade als wir schon aufgeben wollten, weil wir den Peugeot einfach nicht finden konnten und schon wieder zurückliefen zur Lillienthalstraße, stand er da, direkt vor unserer Haustür.

Wir fuhren also los, zuerst auf die Stadtautobahn, dann auf die A12, wo wir mit 90 konstant auf der linken Spur blieben und den Zorn sämtlicher Verkehrsteilnehmer auf uns zogen. Leider hatten wir vergessen, einen passenden Soundtrack einzupacken, deswegen mussten wir die *K-Tel-DISCO-EXPRESS*-Kassette aus dem Handschuhfach sieben- oder achtmal hintereinander hören. Aber das war egal, denn da waren sie alle drauf, die Bay City Rollers, Silver Connection, die Bellamy Brothers, einfach alle.

Mit runtergekurbelten Fenstern fuhren wir um acht Uhr morgens nach Poznań rein, während Diamantis *Save your Kisses for Me* sang, und rollten noch eine Weile in der Innenstadt herum, bis wir *Taco Jesus* fanden. Natürlich hatte der Laden noch geschlossen.

Diamantis rüttelte wie ein Irrer an der Tür, hängte sich wie ein Gorilla an die Gitterstäbe der Fenster, und krakeelte ein paar Minuten auf dem Fußweg herum, bis er merkte, dass das absolut niemanden interessierte. Also kampierten wir vor dem Eingang, wo wir abwechselnd einschliefen, bis *Taco Jesus* um zwölf endlich aufmachte.

Am Ende unserer Kräfte, die roten Augen hinter billigen Sonnenbrillen versteckt, aber unbeugsam und erhobenen Hauptes wie abgehalfterte Azteken-Priester, führte man uns schließlich an den Tisch in der hintersten Ecke und reichte uns die Karte.

– Nicht nötig, lehnte Diamantis ab, wir nehmen alles.

Der Kellner musterte uns, als wären wir die letzten Penner, und im Grunde waren wir das ja auch.

– Wie meinen Sie das, alles?

– Na alles!, rief Diamantis. Und zwei Bier mit Limettenscheiben!

Und ich erinnerte mich noch an einen anderen Nachmittag mit Diamantis, an dem wir im Nirgendwo gestrandet waren und nicht wussten, wie's weiter gehen soll. Wir warteten an diesem Tag auf die Fähre nach Tschornomorsk, die uns über das Schwarze Meer zurück nach Europa tragen sollte.

Per Anhalter hatten wir uns aus dem Kaukasus an die Küste durchgeschlagen, unsere letzten Lari aus den Taschen geschüttelt und uns damit am Hafen von Batumi zwei Holzklasse-Tickets auf der *Vilnius* gekauft. Die *Vilnius* war eine alte DDR-Fähre, die für eine ukrainische Reederei unter panamaischer Flagge durch das Schwarze Meer kreuzte und im Prinzip nur von Truckern und PKW-Exporteuren benutzt wurde. Das Schiff lag bereits im Hafen, doch keiner konnte uns sagen, wann es ablegen würde, weil noch auf Fracht gewartet wurde.

Da saßen wir also und tranken Borjomi mit Zitrone. Ein leichter Wind wehte durch die Blätter der Palmen und brachte uns von Westen den Geruch von Schiffsdiesel, Grillspießen und mit teuerster Creme verwöhnten Damenhänden. Hinter uns hörten wir die Eiswürfel in den Gläsern klackern und vor uns die Delfine durch die Wellen pflügen.

Es war wohl Ende September oder schon Oktober, und wir waren erschöpft vom wochenlangen Umhertingeln und erschöpft von Kapriolen in diversen georgischen Bergdörfern, aber auch satt und glücklich vom Leben, das wie ein Hagelschauer auf uns eingeprasselt war.

Und auf einmal war uns alles klar. Wir grinsten uns an, weil wir in diesem Moment das Gleiche dachten. Weil wir wussten, dass wir gewonnen hatten.

Unsere Fingernägel waren dreckig und unsere Rucksäcke voll mit stinkenden Klamotten und zerfetzten Taschenbüchern, Pittigrilli und Limonow und Südsee-Erzählungen von Somerset Maugham und drei oder vier Bioy-Casares-Romane. Unsere Bärte zottelten im Wind und unsere Reisepässe hatten wir vor zu verkaufen, sobald wir es an die rumänische Grenze geschafft hatten.

Diamantis grinste mich an, und ich grinste zurück, und wir wussten, dass noch alles vor uns liegen würde. Alles, von dem wir immer geträumt hatten. Und an diesem Nachmittag, im September oder Oktober 2014 erzählten wir uns gegenseitig die Zukunft.

Ich erzählte ihm, wie mein zukünftiges Leben als Star-Poet aussehen würde, und Diamantis erzählte mir, wie aus ihm ein international bekannter Kultregisseur werden würde.

Ich hatte zu diesem Zeitpunkt gerade meine Wasser-Gedichte an ein Dutzend Verlage geschickt, und Diamantis hatte vor, sich im Winter zum dritten Mal an der Filmhochschule zu bewerben.

Wir erzählten uns jedes Detail unseres zukünftigen Lebens und wir hatten keine Zweifel, dass es genau so passieren würde. Wir hatten eine wahnsinnige Sehnsucht in uns, die mit dem Licht dieses Nachmittags zu einer Supernova verschmolz.

Um uns herum vibrierte die Luft vom Schwirren der Mücken und Maunzen der Kätzchen, und von weither drangen die Stimmen der Straßenhändler und Motoren der Autos über die Hafenmauern. Unsere Köpfe waren leicht, und unsere Stirnen glühten vor Ungeduld. Nach und nach, das war nicht unser Ding. Wir wollten alles zugleich: das kalte Funkeln der Sterne und die Wärme der Sonne, die leicht zu habenden Mädchen und die schwer zu habenden, große Karaffen voll Weißwein und akkurat eingeschenkte Pilsflöten. Wir wollten unendlich lustig sein und gleichzeitig unendlich traurig. Großmütige Diskothekenbesitzer wollten wir sein, Direktoren des Finanzamts, Weltrekordhalter im 400-Meter-Hürdenlauf, Faulpelze der Energieklasse A++.

Diamantis erzählte mir seine Zukunft als Starregisseur. In maßgeschneiderten und schon bald zu seinem Markenzeichen stilisierten Kunstlederanzügen würde er zwischen Cinecittà und den Pinewood Studios hin und her jetten und den Geizhälsen von den Produktionsfirmen die Milliönchen aus den Budgets quatschen. Chronologisch würde er dann folgende Filme drehen: *Rebounders*, einen auf Korsika spielenden Erotik-Thriller, *Shoot*, ein international besetztes Polit-Drama, *Pflanzen der Bibel*, einen dreistündigen, etwas sperrigen Experimentalfilm, *Spaghetti totalmente*, eine italienische Rom-Com, *United Pizza*, das US-Remake der italienischen Rom-Com, und schließlich *Panzerdeal in Bayreuth*, ein an Fassbinder angelehntes BRD-Epos.

Er selbst wäre es dann, der fünf Regieassistenten hätte. Einen zum Umblättern des Drehbuchs, einen zum Organisieren verbotener Rauschmittel, einen, der ihm die Produzenten abwimmelte, einen, der mehrmals täglich Diamantis' Mutter anrief und ihr berichtete, was am Set vor sich ging, und einen, der Diamantis' Liebschaften koordinierte, ohne den Überblick zu verlieren.

Ich hingegen beschrieb ihm en detail meine Zukunft als Dichterfürst, Verfasser der Werke *Porträt des Künstlers als schwieriger Typ* und *Alles klar*, Liebhaber zahlreicher Feuilletonistinnen, Vater von sieben Töchtern in den Kantonen Jura, Uri, Aargau, Wallis, Thurgau und Tessin, Fahrzeughalter eines taubenblauen Alfa Romeo Spider, Dauermieter im Hotel Negresco, Hauptdarsteller einer nach mir benannten Realityshow, für Späße und Skandale nie zu schade, permanenter Unruheherd, öffentliches Ärgernis, Pleitegeier, Trunkenbold, Gegenpapst, Herumtreiber und Herumschrauber, freier Rhythmus, alte Seele, explodierender Stern.

Genau so habe ich es Diamantis damals erzählt, als wir auf dem Deck der *Vilnius* saßen und darauf warteten, das Hafenbecken zu verlassen.

Wir hatten doch mal einen Plan, dachte ich. Wir wollten uns zu leuchtenden Männern formatieren. Zu nie bekannten Wesen. Zu Göttern in Leinenhemden. Und dann, irgendwo auf der Hälfte des Weges, in den Wellen des Schwarzen Meeres, ist uns dieser Plan verlorengegangen.

35.

Nach zwei oder drei Stunden habe ich es dann geschafft, aufzustehen von dieser Holzbank im Garten des Lermontow-Sanatoriums. Ich habe mich erst mal geschüttelt, um diese Form der *Polynesian Paralysis* loszuwerden, und bin dann über die verschlungenen Wege gelaufen, bis ich den Ausgang gefunden habe.

Hochhäuser standen wie Riesen in der Dämmerung. Alles war schön und klar. Auf einmal blieb ich stehen und wusste Bescheid.

So ist das also, dachte ich. Und dann wurde ich ganz ruhig und nahm die Hände aus den Taschen und lief die Straße hinunter. Und zwar so, wie ich noch nie eine Straße hinunter gegangen war. Als hätte ich es erst jetzt gelernt. Als hätte ich erst jetzt herausgefunden, wie das geht.

Ich hatte eine schreckliche Sehnsucht in mir. Und ich wusste jetzt, wo ich diese Sehnsucht stillen konnte.

Wenn das so ist, dachte ich mir, kannst du jetzt abhauen. Es war kurz nach sechs. Um 22:04 Uhr ging der Nachtexpress, den könnte ich ohne Probleme erwischen. Wollte ich das? Ja, ich wollte.

In Odessa habe ich nichts mehr verloren, dachte ich, genau wie ich in Tigris Lawrence' 120qm-Angeber-Wohnung nichts verloren habe. Dieses Leben an der ukrainischen Riviera war nie etwas für mich gewesen. Das war von Anfang an zu solide oder unsolide, zu nah dran oder zu weit weg, das war nichts für mich.

In der Pastera-Straße packte ich meine Sachen, mein Estensi-Hemd, meine Agassi-Shorts, das gefälschte Trikot von Inter Milano, das ich am Strand von Arcadia gekauft hatte, mein Florida-Gators-T-Shirt, meinen Morgenmantel, meine Reisezahnbürste, bevor ich die Sporttasche neben der Tür abstellte und noch mal zurück in die Küche lief.

Ich setzte mich mit einem Blatt Papier an den Tisch und überlegte, was ich Tigris schreiben könnte.

Liebe Tigris, schrieb ich, du bist eine wahnsinnig interessante Frau und ein Kolibri und hast Ahnung von den großen Zusammenhängen, aber ich fürchte, für mich geht's hier nicht weiter. Danke für die Übernachtungsmöglichkeit und dass du immer so nett zu mir warst. Ich denke, du wirst auch ohne mich klarkommen.

Ich las alles noch mal durch und zerriss den Zettel. Nein, dachte ich, viel zu unpathetisch, das ist doch gar nicht dein Stil.

Ich stand auf und ging zum Schnapsschrank, wo ich mir einen letzten Milano-Torino zusammenrührte. Ich klopfte ein letztes Mal an die Scheibe des Terrariums, und nachdem ich, am Kristallglas nippend, zwei, drei Mal auf den Kirschbaumdielen im Kreis gegangen war, setzte ich mich wieder an den Küchentisch und schrieb:

Ich bin die Viper
Im Zoologischen Garten
Die Sternschnuppe
Die tödliche Erkältung
Ich bin László Carassin
Deine Kuschelmaus
Die große Enttäuschung

Dann fuhr ich zum Pfandleiher und verkaufte alles was ich besaß. Die Hemden und das Florida-Gators-T-Shirt, die Shorts und den Morgenmantel, die neuen Schuhe, und sogar für meine alte Sporttasche bekam ich ein paar Griwna.

Danach lief ich mit der Reisezahnbürste in der Brusttasche meines Anzugs zum Bahnhof und kaufte mir von dem Geld, das ich bekommen hatte, ein Ticket für den Nachtexpress nach Lwiw, wo ich am Morgen Richtung Krakau umsteigen musste.

Ich saß auf dem Bordstein neben den Gleisen, klimperte mit meinen letzten Münzen in der Tasche und wartete darauf, dass der Zug einfuhr. Um mich herum trabten die Gepäckboys und Geschäftsfrauen, orthodoxe Priester und Mädchen in hellblauen Daunenjacken, windige Gestalten, aufgeräumte Seelen, die Menschen der Zukunft, Gewinnertypen. Ciao, sagte ich leise, ciao, ciao, grazie, ciao.

Und dann fing ich an zu weinen. Zuerst liefen mir nur zwei oder drei Tränen hinunter, aber dann immer mehr, und ich weiß nicht, ob ich weinte, weil ich glücklich oder unglücklich war. Aber in diesem Moment war das irgendwie dasselbe. Ich fühlte alle Gefühle, die es gibt im Universum. All diese Gefühle fühlte ich zur selben Zeit, weil sie in Wirklichkeit nichts anderes als ein einziges Gefühl waren.

36.

Es war 23 Uhr, als ich am nächsten Tag in Berlin ankam. Einige Minuten stand ich unschlüssig vor den gläsernen Twin Towers des Hauptbahnhofs, atmete die frische Nachtluft und dachte *sonderbar*, als hätte ich vergessen, wie diese Berliner Nachtluft schmeckt. Kurz zuvor musste es geregnet haben, denn auf dem Asphalt glitzerte das Licht der Ampeln und Straßenlaternen, als ich über die Straße zur Bushaltestelle lief.

Im M41 brauste ich durch den neonlichtverzerrten Tunnel unter dem Tiergarten. Links und rechts flogen Fahrbahnmarkierungen und Autos vorbei. Am Potsdamer Platz tauchte der Bus wieder nach oben wie ein U-Boot und fuhr die Stresemannstraße hinab nach Kreuzberg, vorbei am Gropiusbau und dem Halleschen Tor.

Um uns herum zuckten die Neonreklamen der Imbisse und Spätkaufe, die Beschriftungen der Restaurants und Supermarktketten und trafen im Kreuzfeuer die anderen Lichter in der Dunkelheit. Ich wagte es nicht, mein Gesicht in der Scheibe des Busses zu betrachten, aus Angst, ein Gespenst zu sehen oder einen alten Bekannten, den mir früher gut bekannten Schriftsteller László Carassin.

Und während der Bus die Urbanstraße entlang fuhr, fiel mir ein, dass ich gar keinen Schlüssel hatte, um in die Wohnung zu kommen, falls Diamantis nicht da war. Wo soll Diamantis schon sein an einem Sonntagabend um 23:30?, dachte ich. Und dann fielen mir ein Dutzend Orte ein, an denen Diamantis an einem Sonntagabend eher sein würde als zu Hause.

Vielleicht, dachte ich, *vielleicht* würde ich in diesem Fall Mercedes Czeminski anrufen, auch wenn das keine besonders gute Idee wäre, wie ich danach dachte.

Ich stieg an der Baerwaldstraße aus, ging zum Spätkauf und kaufte mir mit dem Zwei-Euro-Stück, das ich im Speisewagen gegen meine letzten Griwna getauscht hatte, eine Flasche Spezi, die ich in großen Schlücken austrank.

Und während ich die Blücherstraße hinablief, stellte ich mir vor, was Diamantis mit der Wohnung angestellt hatte. Anstatt alles zu verbrennen, worum ich ihn gebeten hatte, hatte er bestimmt alles schmutzig gemacht und falsch herum wieder hingestellt. Die Weingläser im Regal, die Zahnputzbecher auf dem Waschbecken, den Nintendo mit den drei Controllern, einfach alles.

Ich umrundete die Kirche am Südstern und lief die Lilienthalstraße hinab, bis ich vor der Nummer 12 stehen blieb. Mein Blick wanderte über die Klingelschilder, und dort, wo *Gartenhaus 3. Stock* stand, war das Klingelschild mit einem Heftpflaster übergeklebt. Und auf dem Heftpflaster stand:

CARASSIN / DIAMANTIDIS

Ich drückte auf den Klingelknopf, wartete ein paar Sekunden und drückte noch mal. Und dann, ganz kurz, überlegte ich, wieder zu verschwinden. Mich umzudrehen und einfach abzuhauen. Noch weiß niemand, dass du hier bist, dachte ich, noch kannst du gehen.

Und gerade als ich das dachte, schaute ich zur Seite und sah Diamantis auf mich zukommen, angetrunken und abgerissen, in seinem weißen Mohairpullover, zufrieden vor sich hin brummend, in all seiner alttestamentarischen Pracht. Wir schauten uns für ein paar Sekunden an, als hätten wir ganz vergessen, wie wir aussehen. Und dann sagte Diamantis: Gut, dass du da bist. Ich glaube, ich habe meinen Schlüssel im *Tannenbaum* liegen lassen.

MICHEL DECAR, geboren 1987 in Augsburg, ist Autor und Regisseur. Er schrieb die Romane *Tausend deutsche Diskotheken* und *Die Kobra von Kreuzberg,* zahlreiche Hörspiele für Deutschlandfunk Kultur sowie Theaterstücke für das Schauspiel Frankfurt, das Residenztheater München und das Thalia Theater Hamburg.

Erste Auflage Berlin 2023

März Verlag GmbH
Göhrener Straße 7, 10437 Berlin
info@maerzverlag.de

Einbandgestaltung: Barbara Kalender, Berlin
Satz: Monika Grucza-Nápoles, Berlin
Coverfoto: Lea Hopp, Berlin
Korrektorat: Jan-Frederik Bandel, Leipzig
Druck und Bindung: Pustet, Regensburg
ISBN: 978-3-7550-0024-2
www.maerzverlag.de